逆行した元悪役令嬢、性格の悪さは直さず処刑エンド回避します！

1

Character
〜ありし日の二人〜
ユリアン
（ユリアン・ダ・ストラティス）
ルヴァランチア王国の第二王子、
アリスティーナの婚約者。
無表情で考えの読めない
美青年。
アリス
（アリスティーナ・クアトラ）
人生やり直し中の元悪役令嬢。
良い子になるべく奮闘中。
ユリアンとは婚約破棄を
望んでいる。

マッテオ
（マッテオ・ダ・ストラティス）
国の第一王子、
ユリアンの兄。
優秀な弟に事あるごとに
嫌味を言う。
チャイ・スロフォン
スロフォン王国第四王女。
可憐で優しい《妖精王女》と
呼ばれている人気者。
ウォル・ターナトラー
苛められているところを
アリスティーナに助けられて
以来、彼女に懐いている
学園の先輩。
サナ・モラトリム
学園に通う
アリスティーナの取り巻き筆頭。
取り入るために必死
だったが……。

逆行した元悪役令嬢、性格の悪さは直さず処刑エンド回避します！ 1

プロローグ

暗い監獄。ぽちゃん、ぽちゃんとどこからか水が漏れる音と、かさこそねずみが駆け回る音だけがする場所に、近づいてくる甲冑姿の男たち。あの中にはきっと、私の死刑を執行する処刑人もいるに違いない。


「嫌ぁぁっ！　来ないでぇぇぇっ!!」

私は叫びながら、ガバッと勢い良くベッドから飛び起きた。はぁはぁと肩で荒い呼吸を繰り返しながら、キョロキョロと辺りを見回す。その反動で、こめかみからぽたりと汗が流れ落ちた。

「ここは……夢？」

辺りはまだ暗く、目が慣れるまでに少し時間がかかった。その内に、ここが自室であると気付く。

夢、にしては感じる心音があまりにも生々し過ぎる。部屋に響く自分の荒い呼吸の音も、肌に触れているシーツの感触も、こんなにはっきりとしているのだ。

「だけど確かに、私はあそこで死んだはず……」

そう。十七の誕生日を迎える前に、私の人生は幕を閉じたのだ。生気を感じないあの冷たく暗い監獄で、たった一人孤独に死んだ。

いや、一人ではなかったか。あの場には、私の死刑を執行する処刑人もいたわ。実際にはきっと、証人として監視窓から様子を覗《のぞ》いていた者もいたのでしょうね。

でも本当に、それだけ。あんなにも持てはやされ、人に囲まれ、家族にも愛されていたはずの私が、なんて憐れな死に方だろう。

「こわ、かった……こわかったよ……ぉ……っ」

段々と記憶が戻ってきた私の瞳から、ぼろぼろと涙が溢《あふ》れ出す。あの時の凍えるような寒さ、たった一人の孤独、迫り来る死の恐怖。それらを思い出し、ガタガタと体が震えた。

確かに私は死んだ。じゃあここは、天国なの？　天国ならどうして、こんなにも鮮明に死の恐怖を感じなければならないの？　一体私が何をしたっていうのよ。

「いや、嫌、もう嫌よぉ……っ」

あの女も、婚約者の王子も、私を裏切った令嬢達も家族もなにもかも、恨む心の余裕すら今の私にはない。ただただ、恐怖に慄《おのの》き叫ぶことしかできない。

「アリスティーナお嬢様！　どうされたのですか！」

その時、勢い良く部屋のドアが開かれたと同時に、使用人や衛兵数名が足音を響かせながら入ってきた。

「ご無事ですかお嬢様！」

たたっと一番に私の元へ駆け寄ってきたメイドの姿を見て、驚きに目を見開く。それはかつて私が幼い頃に解雇した、乳母であり侍女でもあるリリだったからだ。

リリがここに居るなんて、やっぱりこれは現実ではないの？　益々混乱し、涙を流す私を見ていた彼女が、焦ったように私を抱き締める。

「まさか侵入者ですか？　なにかされたのですか？」

「あ……あ……っ」

「もう大丈夫ですから、どうか落ち着いてくださいお嬢様。リリがお側におります」

どうやら私の叫びをそう解釈したらしいリリは、衛兵達に屋敷中を捜索するよう指示を出す。違うと言いたくても言葉が出てこず、私はただ幼い子供のように涙を流すだけだった。

リリは柔らかな表情でこちらを見つめると、両手でそっと私の手を包み込んだ。

「まぁ、小さなおててがこんなに冷えて……よほど怖い思いをされたのですね、お可哀想に」

「……え？」

『小さなおてて』そう言われて初めて、私は自身の掌《てのひら》をじっと見つめる。

どう見ても、十七を目前にした女のそれではない。リリの手の中に簡単に収まってしまうほどの、小さな小さな子供の手だ。

「……っ！」

それに気付いた瞬間、私はリリの手をふりほどき転がるようにベッドから降りると、部屋にある姿見まで駆ける。メイド達が手にしているランプに照らされ、鏡の中の私の姿がぼうっと映し出さ

れた。

「これは……」

私、子供だわ。人は本当に混乱すると、たちまち語彙力《ごいりょく》が消滅してしまうらしい。私は放心状態で鏡を見つめ、ただ口の中でぶつぶつと「子供、子供だわ、子供なんだわ……」と繰り返していた。

「お嬢様、急にどうなされたのですか！」

たちまちリリが駆け寄り、私の体を支える。そうすると、私と彼女の体格差が浮き彫りになった。

「リリ……私は今、いくつかしら」

「はい？」

「だから私は、何歳なの？」

唐突な質問に驚いた様子で、リリは答える。

「お嬢様は、先日五つになられたばかりではないですか」と。その瞬間、私は膝からがっくりと崩れ落ちた。

ああ、これはやっぱり冥界《めいかい》で見ている夢なんだわ。だってそうでなければ、あり得ない。十六の自分が、まさか時を遡《さかのぼ》っているなんて。

「さぁ、アリスティーナお嬢様。目を瞑《つぶ》って、ゆっくりと呼吸をしてください。今度はきっと、幸せな夢が見られますからね」

とんとん、とんとんと、リリが私の腹の辺りを優しく撫でる。それはまるで魔法のように、私の小さな体から力を奪っていった。視界が暗くなり、頭がぼうっとする。これが眠りにつく瞬間なのかと思いながら、体がベッドに沈んでいくことに抗《あらが》えない。

アリスティーナ・クアトラという存在がこの世に生まれ、物心ついてから首元に鎌を突きつけられるまでの出来事が、まるで精緻《せいち》な絵を見ているかのように、ゆっくりと目の前を流れていく。眠りについているような、過去の記憶を回想しているような、不思議な感覚。

ふと気が付くと、私の足元に一人の令嬢がうずくまっている。そう、これは夢。私にとっての、悪夢なのだ。

第一章　傲慢令嬢、アリスティーナ・クアトラ

「子爵令嬢ごときが、誰に向かって口を聞いているのかお分かりなのかしら」

私、アリスティーナ・クアトラ公爵令嬢といえば、この王立学園でその名を知らない者は居ない。

生家は王家の側近として代々仕えている由緒正しい公爵家であり、優秀な兄が三人。末娘として生まれた私は、両親や兄達からこれでもかというほどでろでろに甘やかされてきたものだから、自分こそがこの世のヒロインであると信じて疑わなかった。

生まれながらの美しい顔、すらりと長い手足。自慢の長い琥珀《こはく》色の髪を靡《なび》かせながら、大勢の取り巻きを従え学園内を闊歩《かっぽ》する。

完璧な私には、欠点なんて一つもありはしない。ずっとそう信じて、疑ったことなどなかった。

「さぁ、拾いなさい。みっともなく頭《こうべ》を垂れて、地面に這《は》いつくばって拾うのよ！」

十三でこの学園に入学し現在三年と少し、私はすっかりこの狭い社会を牛耳《ぎゅうじ》る女王として君臨している。

「どうかお許しくださいい、クアトラ様……っ」

「いいえ、許さないわ。貴女は私の婚約者であるユリアン様に、分《ぶん》不相応にも色目を使ったのよ！」

数人の取り巻きを従え、たった一人の令嬢を苛《いじ》める。この時の私は、裏で自分が「悪役令嬢」などという不本意な名で呼ばれていたなんて、知る由《よし》もなかった。

「教えを乞うフリをして近づくなんて、なんて浅ましいのかしら」

「違います！　教室に残って勉強をしていた私に、ストラティス殿下がアドバイスを下さっただけです！　信じてください、クアトラ様！」

全身泥だらけになりながら、その子爵令嬢は許してくれと懇願する。

あぁ、なんてみっともないのかしら。私には考えられないほどに無様だわ。

子爵令嬢に生まれたのならば、立場を弁《わきま》えて行動すればいいものを。図々しく人の婚約者に手を出すから、こういうことになるのよ。散らばった教科書や羊皮紙を必死に拾い集めている彼女の手を、私はローファーの爪先で軽く蹴った。

「い、痛い……っ！」

「私の心の痛みはこんなものではなくってよ！　ほら、拾いなさい早く！」

高笑いする私を見て、流石《さすが》の取り巻き達もたじろいでいる様子だ。ふん、この程度で情けない。たかが子爵令嬢一人どうこうしたところで、私になんのお咎《とが》めもないのは分かりきったことなんだから。

ジロリと背後に視線を向けた私を見て、取り巻き達の体もビクリと震えた。逆らえば、明日あそこで泥に塗《まみ》れているのは自分。それだけはごめんだと、誰もが私の肩を持つ。

「アリスティーナ様からストラティス殿下を奪おうだなんて、身の程知らずもいいところね！」

「そうよ！　美貌も家柄も完璧なアリスティーナ様に、貴女が敵うところなんてひとつもないわ！」

「もっと土下座しなさい！」

周囲からも責め立てられ、とうとう子爵令嬢は顔を地面に擦《こす》りつけながら、しくしくと泣き出してしまった。なんて惨めな姿なのかしら。不細工って可哀想。

すっかり興が醒《さ》めてしまった私はスカートの裾をくるりと翻《ひるがえ》し、視線だけをちらりと彼女に向けた。

「これに懲りたら、二度とユリアン様には近付かないことね」

「申し訳ありません、申し訳ありま……っ」

「ふん」

彼女の謝罪を鼻で一蹴《いっしゅう》すると、その場から立ち去る。あら、口止めするのを忘れてしまったわ。

まぁ、誰かに言いふらしたりしたらもっと酷い目に遭うって、あの足りない頭でも分かるわよね。

「アリスティーナ様を悲しませるなんて、酷い方だわ！」

「教えてくれてありがとう。サナ」

「そ、そんな！　私は当然のことをしたまでです！」

取り巻きの一人である伯爵令嬢サナ・モラトリムが、頬を上気させながらそう口にする。

あの令嬢が私の婚約者であるユリアン様と仲良くしていたと、私に告げ口したのは彼女だ。

それが嘘か真実かなんて、どうでもいい。

サナを信じるふりをして褒めてやれば、その様子を見た他の令嬢達も彼女のように私の役に立とうとする。誰の味方をすれば得になるかなんて、猿でも分かる簡単なことよ。由緒正しきクアトラ家の令嬢、そしてこのルヴァランチア王国の第二王子である、ユリアン・ダ・ストラティス殿下の婚約者であるこの私を、無下《むげ》に出来る者なんていやしないのだから。

今日も学園の治安維持に貢献した私は良い気分で午後の授業へ向かったのだった。


一人で学園内の中庭を歩きながら、先程制裁を加えた令嬢の無様な姿を思い出しふんと鼻を鳴らす。ふと眼前に見知った姿を見つけ、私は意識して可愛らしい声を上げた。

「ユリアン様！」

笑顔で、たたっと彼の元に駆け寄る。春の暖かな風に吹かれ、琥珀色の髪が大きく揺らめいた。

この国の第二王子である、ユリアン・ダ・ストラティス殿下。グレーの瞳は決して主張は強くないけれど、謎めいていてどこか色香を放っている。すっきりと刈られた髪にアシンメトリーの前髪。彫りの深い顔によく合う。瞳と同じグレーのそれは、光の加減で銀色にも見えた。

私の婚約者でもあるユリアン様は、無表情のままこちらを向いた。彼の表情筋が仕事をしているのを、この私ですらほとんど見たことがない。でもいいの。一国の王子たるもの、他人に簡単に気を許してはいけないもの。彼の横顔をうっとりと見つめていると、無表情で首を傾《かし》げられる。

「今日もお美しいですわ、ユリアン様」

私の言葉なんて届いていないかのように、ユリアン様は視線を遠くへやった。

ああ、本当にこの世のものとは思えない。スラリと背も高くて、学園の制服が誰よりも映えている。色素の薄い肌も相まって、無愛想でもこんなに美しいなんて。

ユリアン様は直系の王族の中で、現在ただ一人金髪碧眼《へきがん》を受け継いでいない。そのせいで王妃様は周囲から不義を疑われ、肩身の狭い思いをしたのだと、いつだったかお父様に聞いたことがある。

「今日は良い風が吹いていますわね。ユリアン様のそのグレーの髪が、一層輝いて見えますわ」

せっかく髪の色を褒めてあげたのに、ユリアン様は煩《わずら》わしげに眉をひそめる。かちんときたけれど、見なかったことにしてにこりと微笑んだ。

ユリアン様は学園に入学する前から、一人離宮に住んでいる。いつからそうなのか、どうしてそうなのかは、興味がないから知らない。このルヴァランチア王国は基本的に長子継承制だから、第一王子であるマッテオ・ダ・ストラティス殿下が次期国王の座につくことは、揺らがない。完璧なこの私が国母になれないのは残念だけれど、あれやこれやと面倒を押しつけられるのも嫌だし、なによりユリアン様のお顔の方が私の好みだから、結婚相手がマッテオ殿下でなくとも一向に構わないと思う。

ユリアン様の内面がどうであるかということにも、興味は惹かれない。ただやっぱりできることならば、この美しい顔が私だけに甘く微笑む様を、一度くらいは見てみたい。さぞや優越感に浸れることでしょうね。

「生徒会のお仕事、お疲れ様でございました。よろしければクアトラ家の馬車で一緒に帰りませんこと?」

「いや、既に従者を待たせている」

淡々と口にするユリアン様に、私は内心ちっと舌打ちをする。そんなもの、放っておけばいいのに。

「でしたら明日の放課後は、テラスでお茶でも」

「生徒会の集まりがあるから遠慮しておく」

「……そうですの」

私はがっくりと肩を落としたが、ユリアン様は気にもしていないご様子。

本来ならばこの私にこんな態度、許せるはずもないけれど彼だけは昔から特別だから、笑って許してあげるわ。

ユリアン様の婚約者となり、約十年。本格的な妃教育は卒業後だけれど、私だって彼の素晴らしい伴侶《はんりょ》となるべく、きちんと努力を積み重ねてきた。

恵まれた容姿はもちろん、中身も完璧でなければ。彫刻のように整ったこの方に見合う女は私だけだと、他の令嬢達に見せつけてやるのよ。いつどこの泥棒猫が、隙を突いてこの方に色目を使うか、分かったものではない。その為に、知識も教養も必死に学んできた。私が、見た目だけが取り柄の馬鹿ではないということは、周知の事実だ。

「何か私にお手伝いできることがあれば、いつでもおっしゃってくださいね」

「……ああ」

そっけない返事を受け止めながらも、心の奥は不満でたまらない。

ユリアン様は、私の気持ちをもう少し理解なさるべきだわ。実の母親から冷遇され、兄であるマッテオ殿下と彼の扱いには、天と地ほどの差がある。本来ならば私のように高貴な令嬢など、妻にできる立場ではないでしょうに。もしも彼がこれだけの美貌を持っていなければ、私だって選んだりしなかった。

不義の子だと疑われ、離宮に追いやられた哀れな第二王子。それを私という存在が救って差し上げたことを、ユリアン様もきっといつか感謝する時が来るはず。

彼が私の足元に跪《ひざまず》く姿を想像すると、つい口元が緩《ゆる》む。そんな時不意に視線を感じて前に目を向けると、数人の生徒と目が合った。彼女達はがばっと頭を下げ、そそくさと去っていく。

「何よ、嫌な感じね」

まぁ、ユリアン様に手を出さなければどうだって良いわ。

こんなつまらない学園なんてさっさと卒業して、早くユリアン様と暮らしたい。私がこの美しい人の妻であると、堂々と公言したい。

今ユリアン様の態度がそっけなかろうが、そんなことはどうだっていい。彼は基本的にどの女性に対してでもそうだし、結婚してしまえばこちらのものだと思っていた。

そう、全ては私の思い通りだったのだ。あの日あの瞬間、『彼女』が現れるまでは。


——あぁ、どうしてかしら。私はどこから間違ってしまったの。

「私は、アリスティーナさんを心からお慕いしておりました」

目の前でさめざめと泣いているのは、スロフォン王国からやってきた、チャイ第四王女殿下。妖精などと褒めそやされるこの女が、憎くて堪《たま》らない。私の婚約者であるユリアン様に色目を使い、奪おうとした。だから、少し思い知らせてあげただけなのに。気が付けば、被害者であるはずの私は衛兵によって両腕を押さえつけられていた。大勢が集まる学園のホールの中心で、まるで見せ物かのように。

目の前に立っているユリアン様は、色のない瞳で私を見下ろしている。そしてその隣には、チャイ王女がまるで仲睦まじい恋人のように寄り添っていた。

「……なぜ、こんな愚かな真似をした。友好国の王女に危害を加えるなど、許されることではないと、君も分かっていたはずだ」

「その女から愛する貴方《あなた》を奪われない為ならば、手段は選びませんわ」

はっきりとそう答えると、ユリアン様の表情が微かに歪《ゆが》んだ。

「君が手に入れたかったのは、私ではない。王子の婚約者という立場だ」

「ユリアン様、違います！　私は」

「……もうこれ以上、話すことはない」

彼はふいっと目を逸らし、チャイ王女と共に私に背を向ける。

「ストラティス殿下。どうか彼女を、酷い目に遭わせないでください。私が必ずなんとかしてみせますから」

「貴女は、慈悲深い人だ」

私を見ないユリアン様は、愛《いと》おしげな視線をチャイ王女にだけ送る。彼女はわざとらしくぽろぽろと涙を零《こぼ》しながら、しばらく足を止めていたけれど、やがてユリアン様に促されるようにしてホールを出ていった。

ユリアン様、と何度私が名前を呼んでも、彼は二度とこちらを振り返ることはなかった。

「なぜ……なぜなの？　どうしてなのよ……っ」

もう、あの神秘的なグレーの瞳に私が映ることはないのだと、しんと静まり返ったホールが現実を突きつける。

ストラティスの直系でありながら碧色《あお》の瞳を持たない貴方を、わざわざ選んであげたというのに。私を捨てて、可憐な妖精を選んだ最低な男。

「いつかこうなると思っていたわ。なんていい気味なのかしら」

二人が去った後のホールに、誰かの声がぽつりと響く。

「自分が一番偉いと勘違いして好き放題に振る舞って、バチが当たったのよ」

「この学園一の嫌われ者だということにも気付かないで、滑稽だよな」

「見てごらんなさい、庇《かば》う人なんて誰もいないわ」

たった一言から、私に対する不満の声が少しずつ増えていく。それはまるで湖に広がる波紋のように、一度落ちてしまえばもう止めることは出来ない。

「やめて、そんな目で見ないで！」

睨《にら》みつけながら叫んでも、ただ嘲笑《ちょうしょう》されるだけ。髪を振り乱しながら反論する私に加勢する者は、誰も居なかった。

「殿下にも見限られて当然よ」

最後に放たれたその言葉に、私はぴたりと動きを止める。

「そうだわ。あの方はただの一度も、私に微笑んではくださらなかった」

マリオネットの糸が切れたかのように、ゆっくりと冷たい床に体が沈んでいった。衛兵によってその場から乱暴に引きずられても、もはや抵抗する気力は残っていなかった。

それから一ヶ月後。嫌われ者の公爵令嬢、アリスティーナ・クアトラは、誰の目にも晒《さら》されることなくひっそりと処刑される。そう、私は死んだのだ。

――大丈夫。大丈夫ですよ。アリスティーナお嬢様。何も心配なさらないで、ゆっくり眠ってくださいね。

頭の奥深く、どこか遠い遠い場所で、そんな優しい声が聞こえる。今の私は、眠っているのかしら。じゃあ、死んでしまったのは夢だったの？ それとも、この温かい声が夢なのかしら。

ああもう、とにかく今は何も考えたくない。だってもう、怖いのも苦しいのも嫌だから。もしもこのまま目を覚まさなければ、私は解放されるのだろうか。

夢と現実の間で微睡《まどろ》みながら、私は無意識のうちに誰かの手をキュッと握り返したのだった。

第二章 それは幸か不幸か

「なんてことなの……私はまた、またあの恐怖を味わわなくてはならないの……嫌、そんなの絶対に嫌よ……」

ぴかぴかと輝く調度品に囲まれ、上質なベッドの上で一人毛布にくるまって、ぶつぶつと独り言を繰り返す。どん底に落ちるまでの記憶が、何度も何度も鮮明に蘇《よみがえ》る。まるで誰かが、お伽話《とぎばなし》を読み聞かせているかのように。

どれだけ拒絶しようとも、全くの無意味。私の心は押し潰されて、おかしくなってしまいそうだった。あれほど気遣っていた身なりも、今はどうでも良い。自分が五歳の姿に戻ってしまったという現実さえ受け入れられずにいるというのに、なぜこれまでの行いまで振り返らなければならないの。

もしもここが死後の世界ならば、確実に地獄だわ。

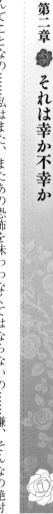

周囲からの侮蔑《ぶべつ》の視線や甲高い罵倒の声や、蔑《さげす》むような雰囲気。家族ですら、最期の時を共に過ごしてはくれなかったという絶望感と、死の恐怖。

もしも本当に時を遡ってしまったというのならば、私は十一年後にまた、あんな運命を辿《たど》ることになってしまうのだろうか。そんな風に考えただけで、衝動的にバルコニーから飛び降りてしまいそうになる。

だから身動きすら取れないまま、目を覚ましてから何日もずっと、私はこうして震えていた。

「アリスティーナお嬢様。温かいミルクをお持ちしました。蜂蜜を溶かしているので、甘くて美味《おい》しいですよ」

ベッドの上から動こうとしない私に、リリが優しく声をかける。どれだけ無視しようと冷たくあしらおうと、彼女は何度でも根気よく私の世話を焼こうとする。私の専属侍女リリ。何歳の時だったか解雇してしまったのは、事あるごとに私の行動に口出ししてくる彼女がうっとうしかったからだ。

「要《い》らない」

「何かお腹に入れませんと、お体に障りますよ」

「要らないって言ってるでしょ！」

差し出されたカップを、思いきり手で叩く。乳白色の液体が、弧を描くようにしてぱしゃりと下に落ちた。

「お嬢様」

てっきり咎められると思っていた私の体は、温かな何かに包まれる。リリが私を抱き締めてくれているのだと気付くのに、しばらく時間がかかった。

「大丈夫ですか？　手にかかっていませんか？」

「別に……」

「お可哀想に。よっぽど心が苦しめられているのですね」

とんとんとん、と優しいリズムで、彼女が私の背中をさする。そうされるうちに、いつの間にか手の震えが治まっていた。

「……嫌な夢を、見たの。とても怖くて、痛くて、世界が真っ暗になったわ」

「アリスティーナお嬢様……」

「私の味方は、何処《どこ》にも居なかった」

自嘲《じちょう》気味に呟《つぶや》く私を見て、リリは心配そうに顔を覗き込みながら、再び優しく包み込むように私の小さな体を抱き締めた。

「大丈夫です、お嬢様にはリリがついていています」

優しい言葉に、なんと答えたら良いのか分からない。結局私は黙ったまま、リリに身を委《ゆだ》ねた。

「大丈夫。大丈夫です」

繰り返されるその言葉が、ゆっくりと私の心に染み込んでいく。ミルクを飲んでいないのに、お腹の辺りがぽかぽかと温かい気がする。

「何だか眠くなってきたわ」

「どうぞ、そのまま身を任せてください。次はきっと、素敵な夢を見られますよ」

まるで子守唄のように、リリの穏やかな声色《こわいろ》は私を眠りの世界へと誘う。ゆっくりと目を瞑ると、幾らもしないうちに私の意識は遠のいていった。

次の日。いつの間にか辺りはすっかり明るくなり、窓からはきらきらと陽の光が差し込んでいる。広いベッドの上で一人、真上に向かって思いきり体を伸ばした。

「おはようございます、お嬢様」

すぐにリリがやってきて、私の支度を始める。てきぱきとした手際で、あっという間に可愛らしい天使が完成した。

「子供のようではなく、本当に子供になってしまったのね」

時が経つにつれ頭がスッキリと目覚め、私は幾らか平常心を取り戻す。いえ、未だに混乱はしているのだけれど。もう、震えは止まっているみたい。

「どうやらこれは、夢ではなく現実なんだわ。とても信じられないけれど」

姿見の前に立つ私は、どこからどう見ても子供だ。ピンク色のフリルドレスに身を包み、腰の真ん中辺りまである自慢の琥珀色の髪は、細くてサラサラ。ぱっちりとした瞳にくるんとカールした長い睫毛《まつげ》。真っ白で透明感のある肌は、触るともちもちして気持ちいい。

「私ったら、こんな小さな頃から完璧ね」

鏡の前でくるっとターンしてみせる。五歳の頃のことなど覚えていなかったが、やっぱり私は昔から美しかった。

「なんて、今はそんなことを言っている場合ではないのよ、アリスティーナ」

体は幼児でありながら頭の中は十六歳という、この奇妙な現象を整理しなければ。そう思いつつ、私はもう一度だけ鏡を覗き込み、「あら、やっぱり可愛い」と、しばらく見とれていた。


巻き戻った（と仮定した）世界で目覚めてから、十日ほどが経った。

ようやく情緒が落ち着いた私は、リリと共に初めて部屋の外に出る。するとすぐに、三人の兄達が私の元に駆け寄ってきた。

全員が若いことに一瞬驚いたが、そういえば私は今五歳なのだ。兄達だってそれぞれ十一年前の姿であるに決まっている。

長男のハリー兄様が十二歳、次男のレオリオ兄様が十歳、三男のノア兄様が九歳。皆私と年が離れているせいか、とても可愛がってくれていた。

「アリスティーナ！　やっと部屋から出られたんだな」

「怖いことがあったと聞いたが、もう辛くはないのか？　俺達がどれだけ心配したことか」

「可愛いアリスに何かあったら、僕は生きていけないよ」

口々に心配の言葉を口にする彼らを、私は複雑な心境で見つめる。死に際はおろか私が投獄されてからというもの、誰一人として顔を見せにきてはくれなかったという事実が、記憶として鮮明に浮かんでくる。目の前の兄達の顔が、ぐにゃりと歪んで見えた。

こんなに可愛がってくれていたのに、どうして手を差し伸べてくれなかったの？　あの学園中の生徒達のように、心の中では私を嘲笑《あざわら》っていたの？

「……っ、はぁ……っ」

途端に呼吸が浅くなり、手足が小刻みに震えはじめた。どうしたら良いのか分からなくなって、その場にしゃがみ込んでしまいそうになる。そんな私を落ち着かせてくれたのは、やっぱりリリだった。

私の手を優しく握り、包み込むような瞳でこちらを見つめる。そのおかげで、次第に息が整っていく。

今までは、曖昧《あいまい》な記憶から碌《ろく》でもない乳母であり侍女であったと思っていたけれど、彼女はこんなにも優しかったのかと、この世界で改めて身に染みている。加えてリリは、私がまんまと落ちぶれてしまった時に側にいなかった人物。だからこそ、彼女とは話していても疑心暗鬼にならずに済んだ。

「ありがとう、お兄様達。もう平気だから、今朝《けさ》は一緒に朝食を摂るわ」

私がそう口にすると、三人は嬉しそうに頷く。リリの温かな右手のおかげで、今度は落ち着いて会話をすることができたのだった。

「まぁ、アリスティーナ。体の具合はもう平気なの？　とても心配したのよ」

「はい、お母様」

兄達やリリと共に食堂へ降りると、母であるロベルタに声をかけられる。私は琥珀色の瞳を細めながら、可愛らしく笑ってみせた。

「アリスティーナ」

テノールの渋い声が辺りに響く。自慢の口髭《ひげ》をちょいと触りながら、最後に父・ジョゼフが食堂に顔を出す。

「お父様」

「気分はいいのかい？」

反射的にたたたっと駆け寄ると、お父様はにこやかな表情でひょいと私を抱き上げた。

「嫌だわお父様。私もう子供じゃないのよ」

「はっはっは。アリスティーナは面白いことを言うなぁ」

お父様は笑いながら私を椅子に座らせると、自身も食卓に着いた。全員でお祈りをした後、思い思いに食事を口にする。五歳の私って、フォークはちゃんと使えたのかしら。記憶を掘り起こそうとしても無理なので、もう諦めて普通にフォークを使いふわふわのオムレツを口に運んだ。何だか無性にミルクが飲みたいわ。温かくて、蜂蜜がたくさん入ったミルクを。

「ねぇリリ、私……」

「はいお嬢様。こちらですね」

全てを言い終える前に、リリがことりと私の前にカップを置く。

「アリスは本当に、その蜂蜜入りミルクが好きだな」

目の前で湯気を燻《くゆ》らせるカップを見つめながら、不思議な気分を味わっていた。

前の私は、ミルクなんてお子様な飲み物は好まなかったのに。覚えていなかったけれど、五歳の頃は大好きだったのね。勝手に緩む頬をそのままに、私は両手でカップを持ちふぅふぅと息を吹きかけたのだった。

無事朝食を済ませた私は部屋に戻り、この状況を整理しようとカウチソファに深く腰掛ける。未だにいつか覚める夢なのではという思いも捨て切れていないけれど、その時はその時。夢だった時よりも、夢でなかった時の方が絶望は計り知れない。だってまた、あの最悪な未来を繰り返してしまうということだから。

「どちらにせよ、そうならない為に行動していった方が身の為ね」

もちもちとした自分の腕の感触を楽しみながら、私は心に誓った。まだ具体的に何をすればいいのか思いつかないけれど、取り敢えず前の人生とは違う道を歩めばいいのよね。その為に、リリは役に立ちそう。家族は当てにならないから、適当に上辺だけ繕《つくろ》っていればいいわよね。

リリの温かさに救われたと思ったくせに、次の瞬間には利用することを考えている。あまりにもナチュラルに悪役思考である為に、この時の私はまだ間違いに気付けなかった。

私には死ぬ間際、というよりもこれまでの人生の中で、何度も何度も繰り返してきた言葉がある。

『私は悪くない。周りが悪い』

蝶よ花よと育てられた私は、自身に悪いところがあるなんて意識すらしたことがなかった。気に入らない女生徒を泥まみれにした時も、『私にこんな行動をさせる貴女が悪いのよ』と言っていた気がする。事実、あの時までは本当にそう思って生きてきた。

けれどもしも今回も同じ思考で人生を進めていけば、断罪される未来からは逃れられないわ。私だって、自分の性格は自分が一番良く理解している。困ったことがなかったから改めようと思わなかっただけで、あんな死に方をするくらいなら私は自分を変えてみせる。そんなことは、簡単なんだから。

もしかしたらこれは、愚かな私に神が与えたチャンスなのかもしれない。人生をやり直す、最初で最後のチャンス。

私、今度は絶対に『良い子』になるわ！

ソファから立ち上がった私は、フリルたっぷりのドレスをひらひらさせながら、小さな可愛らしい手を天高く突き上げたのだった。


次の日の朝、目が覚めてすぐに枕元のベルを何度も鳴らす。

「リリ、リリ！」

私が大声でリリを呼ぶと、殆《ほとん》ど経たないうちに彼女はやってきた。

「お嬢様、おはようございます。今日のお加減はいかがですか？」

体調を案じてくれる彼女は、今日もとても優しい。本当に、何故前の私はリリを解雇してしまったのかしら。

「今日も調子がいいから、朝食は食堂で摂るわ」

今更だけど、五歳児ってこんな感じでいいのかしら。なんせ中身が十六なので、加減が難しい。もう少しちゃんと、子供らしく振る舞わないとね。

「まぁ、それは良かったです」

ふわりと微笑むリリを見て、私の小さな胸の奥がキュウッと反応する。この体になってから、何だか不思議な感じがするようになった。心は十六歳のアリスティーナなのに、体が勝手に動くことがある。それはきっと、本来の五歳のアリスティーナの意識なんだと思う。五歳の私はリリのことが大好きなのね、全身からそのことが伝わってくるわ。

「お嬢様、本日のお召し物はいかがなさいますか？」

「リリが選んで！」

「かしこまりました」

とても広い部屋の奥のクローゼットは、洋服にドレスに靴にと、ぱんぱんだった。その中から彼女が選んでくれたのは、可愛らしいミントグリーンのチュールドレス。それを見た瞬間、私は物凄く嫌な気持ちになって顔を歪めた。

「そんな色は嫌だわ。もっと女の子らしいのがいい」

「あら、そうですか？　きっとお似合いになると思いましたのに」

そう言いながら、リリは嫌な顔一つせずドレスを選び直す。彼女に選べと言ったのは私なのに、結局最後まで私はリリの選んだものにケチをつけ続けた。

だって、どれもピンと来ないんだもの。私が一回で気に入るものを選んでくれない、リリが悪いのよ。

結局自身で選んだ濃いピンクのゴテゴテしたドレスに身を包んだ私は、ナチュラルにその思考でうんうんと頷《うなず》く。しかし次の瞬間、ハッとして目を見開いた。

「……なんてことなの。これがダメなんじゃない！」

そして、がっくりと膝から崩れ落ちる。染みついた根性は、簡単に拭《ぬぐ》えるものではない。十六年もの間我儘《わがまま》放題に生きてきた私には、他人の気持ちを思いやるという感情が決定的に欠けていたのだ。

「嫌……嫌よ……どうしたら良いのぉ……っ」

ぺたんと床に座り込み、子供のようにわんわんと泣き叫ぶ。真ピンクのドレスに、たちまち涙の染みが広がっていった。

「アリスティーナお嬢様！　一体どうされたのですか⁉」

リリが血相を変えて、すぐに私の元に駆け寄ってくる。その表情は、心から私を心配しているように見えた。

「リリ……」

「そんなに泣いて……ああ、お可哀想に」

何の躊躇《ためら》いもなく、リリが私を抱き締める。途端に彼女のエプロンドレスが、私の涙と鼻水で汚れた。

「何か嫌なことがありましたか？　お嬢様」

彼女の温かい声とその体温に、ぐちゃぐちゃと絡まっていた心の中がゆっくりと解《ほど》けていく。私はひくひくとしゃくり上げながら、ひとつひとつ言葉を紡いだ。

「さっき私、リリに酷いことをしたわ」

「私に、ですか？」

「着るものを選んでと言ったのは私なのに、全部嫌がってばかりで。こんなのはもう嫌なのに！　自分ではどうすることもできないの……っ」

「アリスティーナお嬢様……」

リリが感極まったように私の名前を呼ぶ。過去の私は、こんな風に誰かの前で泣き叫んだことなんてなかった。

どうにかしたくても、どうにもできない。それがこんなにももどかしいものだと、私は生まれて初めて知った。

このままだと、再び処刑されてしまう。あの冷たい床の感触が鮮明に蘇ってきそうで、小さな体が勝手に震えた。

「大丈夫です、お嬢様」

リリはゆっくりと私の背中を撫でながら、あやすように体を小さく揺らす。耳元に響く彼女の鼓動が、私の昂《たかぶ》った感情を少しずつ落ち着かせてくれた。

「お嬢様はこんなにお優しい良い子なのですから、心配なさらなくとも大丈夫ですよ」

触れ合った所から、じんわりと温《ぬく》もりが広がっていく。リリの声って、こんなに耳心地が良かったかしら。

「優しくなんてないわ」

「こんな風に泣けるのは、心根がお優しいからですよ」

「全部、自分の為なの」

こんなことを言う私は、実に五歳児らしくないだろう。だけど今は、とにかく必死だった。二度と、あんな思いはしたくない。

「もしも」

リリはポケットからハンカチを取り出すと、とんとんと優しく私の涙を拭う。

「もしもお嬢様が道を間違えることがあれば、いつだってこのリリが手を引いて戻して差し上げます」

「どうして？　こんな私を煩わしいとは思わないの？」

私の質問に、彼女は目を見開いて首を左右に振った。

「そんなことは思いません。私は、アリスティーナお嬢様が大好きですから」

「リリ……」

彼女の言葉が、私の心に染み込んでいく。まるで、大好きな蜂蜜入りのミルクを飲んでいる時のように、体がぽかぽかと温かくなっていく。

「絶対よ、約束だからね」

私はリリの胸に頬を押しつけ、ぐりぐりとマーキングのような行動をした。体が勝手に、リリを求めるのだ。

「あらあら、お嬢様は甘えん坊ですね」

「……そんなことないわ。私はもう大人よ」

「ふふっ」

泣き過ぎたせいでぼんやりとする視界の中、私はリリの顔をいつまでも見つめていた。


「ねぇアリス、今日は何して遊ぼうか」

「ノア兄様」

和気あいあいとした朝食の時間も終わり、リリと共に自室へ戻ろうとした私の手を、ノア兄様が掴《つか》む。私より四つ歳上で、クアトラ公爵家の三男であるノア兄様は、一言で言い表せば『人たらし』だ。

まるで女の子のように可愛らしい風貌をしていて、私と同じ琥珀色の瞳でじっと見つめられれば、どんな令嬢も兄様の虜《とりこ》になる。

昔はよく気に入らない令嬢をノア兄様に誘惑してもらい、その後でただの遊びだと種明かしをして、どん底に突き落としたりしていた。

今思えば私って、本当にとんでもない女だったのよね。きっと死んでせいせいしている人達ばかりなんでしょうね。

「アリス、何だか悲しそうな顔をしてるけど、どうかしたの？」

ノア兄様が心配そうに私の顔を覗き込む。私はぷるぷると首を左右に振り、にこりと笑顔を作った。

「いいえ、何でもないわ。遊びましょう、お兄様。私かくれんぼがしたいわ」

「よし、じゃあ僕が鬼になるよ。ひゃく数えるうちに、アリスは隠れるんだよ」

くるりと柱の方を向き、いーち、にー、と数を数え始めたお兄様を見て、私はだっと勢いよく駆け出した。なるほど。五歳の私は、かくれんぼがしたかったのね。

私は隠れる場所を探す為、お屋敷の中をどたどたと走り回る。使用人用の階段を駆け上がった先にある踊り場で、山盛りの洗濯カゴを抱えた一人のハウスメイドとぶつかる。大した衝撃ではなかったけれど、私は頬《ほ》っぺたを盛大に膨らませた。

「もっ、申し訳ございません、アリスティーナ様！　お怪我はありませんか？」

「ちゃんと前を見なさいよ！　この私を誰だと思って……」

小さな体をいっぱいに伸ばしてメイドを怒鳴りつけようとして、私ははたと動きを止めた。これよ。私のこういう所が良くないのよ。アリスティーナ、もっと広い心で物事を捉えなさい。大丈夫、以前と違って私の側にはリリという良心が居てくれるのだから。

私はしゃがみ込んで、散らばった洗濯物を集めてカゴに入れ始める。

「まぁ、お嬢様！　そんなことは私が致します！」

「いいのよ、私がぶつかったのだから。それに二人でやった方がずっと早いわ」

「アリスティーナお嬢様……」

体が小さくて小回りが利くからか、私はあっという間に洗濯物を拾い終える。パッと顔を上げると、メイドはとても嬉しそうな顔をしていた。

「お嬢様はとてもお優しいのですね」

「えっ」

「本当に助かりました。ありがとうございます」

メイドは私に向かい深々と頭を下げると、再びカゴを持ち去っていく。その様子を、小さな私はただ口をぽかんと開けて見つめた。

優しい、ですって。

そういえば、前の人生でそんな風に言われたことがあったかしら。綺麗《きれい》だ、素敵だ、完璧だなどという称賛の言葉は飽きるほどに浴びてきた。けれど、その内面を褒められたことは一度もない気がする。

それもそうだ。ユリアン様に手を出そうとする令嬢は片っ端《ぱし》から苛めてきたし、あんな綺麗な人の婚約者である私は、あの学園の頂点に相応《ふさわ》しい存在だと思っていたから。

そんなことだから、あんなに孤独な死を遂げることになってしまったのだろう。考えただけで、背筋がぞくぞくと震えた。

「……まぁ、悪くない気分ね」

ありがとうと感謝され、笑顔を向けられる。私は先程のハウスメイドの表情を思い出し、ぷにぷにの頬っぺたを微かに緩めた。

「あれ、アリスティーナ？　どうして隠れもせずにぼーっとしているの？」

とっくに数を数え終わっていたらしいノア兄様が、私を指差しながらことりと首を傾げている。

「ああっ、隠れるのをすっかり忘れていたわ！」

「あはは、アリスはおっちょこちょいで可愛いなぁ」

お兄様は笑いながら、私の頭を撫でる。もう一回と言いたくて人差し指をピンと伸ばすと、彼は嫌な顔一つしないでもう一度壁に顔を伏せた。私はまた、たたっと駆け出す。

今度はぶつからないように、ちゃんと注意しなくっちゃ。

そうしてノア兄様と存分に遊んだ後、私達は庭園へやってきた。

パラソル付きのランチテーブルの上には、様々な軽食と紅茶が用意されている。かくれんぼの途中、私がリリにお願いしておいたのだ。

今日はいいお天気だもの、外で食べるのはきっと美味しいわ。

「リリ、ありがとう」

私は彼女の元へ駆け寄り、ぎゅうっと抱き着く。リリは柔らかな笑みを浮かべながら、私の頭をよしよしと撫でた。

「アリス、珍しいな」

その時、後ろから颯爽《さっそう》とやってきたレオリオ兄様が私とリリを見ながらそう口にする。

「礼なんて言う必要はないだろう。お前は、尊重されて当然の立場なんだから」

「レオリオ兄様」

「ほらこっちにおいで」

リリの腕の中からするりと抜け出すと、私はこちらに向かって伸ばされたお兄様の腕に飛び込む。

彼は私を抱き止め、琥珀色の滑らかな髪にちゅっとキスを落とした。

クアトラ公爵家次男・レオリオ兄様は、その名の通りまるで獅子のように逞《たくま》しい人だ。私よりも五つ上だから、目の前にいる今のお兄様は十歳くらい。それでも背が高くがたいも良く、私と同じ琥珀の瞳が勇ましい美丈夫だ。

私に何かあろうものならば（たとえ何もなくとも）レオリオ兄様がすぐに飛んできて、相手をぎろりと睨めつけていた。いずれ長男であるハリー兄様が爵位を継げば、次男であるレオリオ兄様は騎士になり国の為に尽力《じんりょく》すると、いつも豪語していた。

「アリスは可愛いな。それに、まだこんなに小さいのに美しい」

「ちょっとお兄様。私もうすぐ十七になるのだから、子供扱いは嫌よ」

むっとしてレオリオ兄様を睨みつけた直後、彼の驚いた表情を見て、しまったと思う。今の私は十六歳ではなく、まだたったの五歳なのだ。

「私ってば早く大人になりたくて、ついお姉さんぶってしまったわ」

「そうなのか。お前は、今だって十分素敵なレディだ」

お兄様は私にはこんなに甘いけれど、他の女性には至極冷たい。何かにつけては私と比べ、その度に『アリスティーナの方がずっと良い』と、私を称賛していた。

小さな頃からそうだったから、ずっとそれが当たり前だと思い生きてきたけれど、やっぱり普通ではないのよね。

自分を変えようとするのならば、兄達のこの『アリスティーナ至上主義』に甘んじていてはいけないわ。私はレオリオ兄様の腕の中で、上目遣いに彼の瞳をじいっと見つめた。

クアトラ公爵家の血を引く者は代々一人の例外もなく、美しい琥珀色の瞳と髪。それはまるで呪いのように、逃れられはしない。

「どうした、アリス」

いつもと様子が違うと思ったのか、レオリオ兄様は心配そうにそっと私の頬に手を当てる。こんなにも優しいお兄様だって、私が投獄されてからはただの一度も会いにきてはくれなかった。

牢の外に立っていた見張り番達が話しているのを、聞いたこともある。

――天下のアリスティーナ・クアトラは、家族にすら見捨てられた憐れな女だ、と。

こんな風に接してくれる兄様も、心の中では私のことを蔑んでいるのかもしれない。そう思うと、上手《うま》く笑顔を作れなくなる。

本質を見極めなければ。たとえ最低な人達でも、家族は家族。ここで敵視しても、きっと良い方向には向かないだろう。

「……なんでもないわ、お兄様。さぁ早く昼食を摂りましょう」

ふいっと視線を逸らすと、私は出来るだけ子供らしい仕草でするっとお兄様の腕から抜け出した。

「アリスティーナ。今日は王家の別邸に招待されているんだ。お前も一緒に行かないか」

ある日の午後。四階の子供部屋でノア兄様と人形遊びをしていた私に、お父様が声を掛けた。

王家の別邸といえば、確か王都から馬車でさほど遠くない気候の良い土地にある、カントリーハウスの一つ。広大な敷地内では乗馬や狩猟も楽しめ、とても素敵なローズガーデンもある。私もそこで、何度もアフタヌーンティーを楽しんだ。

クアトラ家も幾つもカントリーハウスを所有しているけれど、やっぱり王家は別格だと言わざるを得ない。

絶対王政であるこの国では、ストラティスの血筋よりも尊いものなんてないのよね。もっとも私からすれば、あまり興味はないのだけれど。

ユリアン様との婚約を受け入れたのも、彼があまりにも美しかったから。あんなに綺麗な人を、見たことがなかったから。だって権力目当てなら、わざわざ冷遇されている第二王子なんて選ばないもの。

「あそこはとってもいい所よね」

「何だって？　お前は行ったことがないだろう」

「まぁ！」

いやだわ、私ったら。ちゃんと五歳児らしく振る舞おうとしているのに、どうしても十六歳の心が顔を出してしまう。だけど仕方ないわよ。だって人は、そう簡単には変われないのだから。

「そんなことないわ！　私は変わるのよ！」

頭の中の私を、大声で怒鳴りつける。もう絶対にあんな思いは嫌だ。今だって夜中に何度も悪夢にうなされては、泣きながら目覚めている。

その度にリリがすぐにやってきて、私を優しく抱きしめるのだ。おかげで私は、何とか穏やかに生活が出来ている。彼女が居なければきっと私は部屋の隅で毛布を被り、いつか来る未来に怯《おび》えながら過ごしていただろう。改めて、リリに感謝しなければ。

「一体どうしたんだ、さっきから訳の分からないことばかり。どこか調子が悪いのか？」

百面相を繰り広げる私を抱き上げ、お父様が困ったように眉根を寄せた。

「今すぐ医者に診てもらうか。それとも空気の綺麗な場所で療養を」

「大丈夫よお父様！　何ともないわ！」

自分でも、今の私は不気味だろうと思う。でも仕方ないのよ。同じ体に、五歳の私と十六歳の私が暮らしているのだから。こんなこと言ったら、どこかで頭を打って変になったと思われるので、誰にも話せはしないけれど。

「本当か？　我慢しているんじゃないのか？」

「我慢なんてしていないわ。私はとっても元気よ」

「しかし……」

お父様がなかなか納得しないので、私はここで最終手段に打って出た。

「大好きよ、お父様」

抱き上げられたまま彼の首元に抱き着き、その頬にチュッとキスをする。微かに口髭が当たってくすぐったいけれど、我慢しなければ。

「あぁ、アリスティーナ。お前はなんて可愛い子なんだ。まるで純白の天使だ」

「お医者様を呼んだりしないでね、お父様」

「もちろんだ、お前の嫌がることはしないよ」

すりすりされると、余計にくすぐったい。私はきゃっきゃと喜ぶフリをして、やんわりとお父様から顔を離した。

さて、話は戻ったわ。私は今から、王家の別邸へ行かなければならないのね。頭を切り替えた私の中に、過去の記憶が蘇ってくる。そういえば、私がユリアン様に初めてお会いしたのがこのくらいの年齢で、場所はあのカントリーハウスだった気がする。

この私に優しくないということに、初めは衝撃を受けた。だから益々ムキになったのよね。絶対に彼の妻になって、虜にさせてやるって。

それに前の私は、ユリアン様を一種のアクセサリーくらいにしか思っていなかった。だって何年経っても、ちっとも優しくしてくださらないんですもの。猫を被っておしとやかにしてみたところで、あの無表情はピクリとも動かない。

人のことは言えないけれど、ユリアン様だって見た目を除けば大した魅力はなかった。いわゆる、お互い様ってやつね。

色々と考えた結果、私はお父様についていくことを決めた。バッドエンド回避の為には、ユリアン様とは関わらない方が良いのかもしれないけれど。今会わなかったからと言って、クアトラ家の立場上永遠に会わなくて済むかといえばそれは難しそうだ。

だったら、お互いが小さな内にユリアン様と出会っておいた方がいいと私は考えたのだ。

私さえ傲慢でなくなれば、きっとあの未来は回避できるはず。チャイ王女に手出ししなければいいだけの話なのだから。

私の人生を台無しにした、猫被りならぬ妖精被りの良い子ぶりっこ。彼女に手を出してしまえば全ては終わる。そう、あの日のように。

私はお父様の膝の上に座り、ゆっくりと目を閉じる。チャイ・スロフォンが初めて学園にやってきてから、まんまと私の居場所を奪ったその瞬間までが、走馬灯のように鮮明に浮かび上がった。


「ようこそ、チャイ王女。ルヴァランチア王立学園へ。生徒そして教師一同、貴女様のご入学を心より歓迎致します」

美女大国と言われる隣国のスロフォン王国第四王女。四姉妹の中でも特に妖精のようだと、この国でもよく噂されていた。

スロフォンと我が国は、はるか昔から友好関係にある。入学にしては時期が少々ずれているが、王女の転入は両国の友好の証《あかし》とでも言いたいのだろう。もしくは、チャイ王女の本格的な『婿探し』といったところか。どちらにせよ、私にとって非常に面白くない事態であることは確か。

「こんなに歓迎して頂いて、とても嬉しいですわ。ですが特別扱いをされると困ってしまいます。私は、こちらで学ばせていただく身なのですから」

チャイ王女は噂通り、まるで花の妖精のようだった。

肩までのプラチナブロンドの髪はふわふわとして、歩くたびに可愛らしく揺れる。くりくりとした大きな瞳を縁取る睫毛は、彼女が瞬きをするたびに音を立てそうなほどに濃く、長い。真っ白な頬は緊張からかほんのりと赤く染まり、華奢《きゃしゃ》な手脚は絶えずパタパタと動いていた。

その様子を尻目に、私は滅茶苦茶に罵倒してやりたくなる衝動を堪えながら、深呼吸を繰り返す。この世で私が、最も嫌悪する人種。庇護欲を駆り立てる、いかにも可憐で可愛らしい女。自身の力では何も出来ず、他者に頼って生きているような人間には、本当に反吐《へど》が出る。

「皆さんと一緒に過ごすこれからの日々が、とても楽しみです」

チャイ王女はそう言うと、にこりと微笑む。その瞬間その場にいた私以外の誰もが、彼女の虜となったのだった。

チャイ王女がこの学園にやってきてから二ヶ月が経つ頃には、私の苛立ちは限界を越えつつあった。

監視と利用の為に、私は自ら王女の案内役を買って出た。学園の施設を案内したり、どんなカリキュラムに取り組んでいるかなどを説明する役割。

とりあえずチャイ王女に下手《へた》に手は出さず、様子を窺っていた。どうせ取り繕っていたって腹の中は真っ黒だろうから、弱みの一つくらい握っておけば、これから先の保険にもなると思って。

妖精だのなんだのと褒めそやされたところで、所詮《しょせん》は欲まみれ。王位継承権を持たない第四王女なんて、打算ばかりに決まってる。その尻尾《しっぽ》を、このアリスティーナが掴んでやるんだから。

そう思っていた私の目論見《もくろみ》は、まんまと外れることとなった。

「アリスティーナさん、いつも本当にありがとうございます。これはほんの気持ちです、どうか受け取ってください」

チャイ王女がにこにこしながら、私に布袋を手渡す。中身を見ると、それは金色の細工箱に入ったおしろいだった。

「これは、スロフォンでしか取れない貴重な花の胚乳部分を使ったものです。我が国でも王族や一部の貴族しか使用できないような、特別なおしろいなんですよ」

「……まぁ、それは嬉しいですわ」

「だけど、アリスティーナさんはそのままで十分お美しい方ですものね」

それは嫌味なのかしら。そんな無垢《むく》な顔をして、内心では私のことを見下しているくせに。

「お気遣いありがとうございます、チャイ王女殿下」

にこやかに微笑みながら、内心ちっと舌を打つ。この女の偽善者ぶった振る舞いも癪《しゃく》に障るけれど、なかでも私が一番気に入らない理由は、他にあった。

と、彼女が目線を上げ嬉しそうに笑う。

「まぁ、ストラティス殿下」

向こうからやって来たのは、私の婚約者であるユリアン様。彼は私のものなのに、どうしてか視線はチャイ王女の方にある。私が一人でいる時は一度だってこんな風に、ユリアン様の方から近づいていらっしゃったことなんてなかったのに。

悔しさにぎりりと奥歯を噛み締めたその拍子に、手に握られた布袋が形を歪めた。

「チャイ王女。この学園での生活には慣れましたか？」

「はい、アリスティーナさんのおかげです。本当に親切な方だわ」

「母国から離れ、心細いこともあるでしょう。なにかあれば、私を頼ってください」

私を除《の》け者にしたかのような穏やかな空気が気に入らず、ずいっとチャイ王女の前に出る。

「ユリアン様。今週末のことはお忘れになっていらっしゃいませんわよね？　クアトラ家一同、ユリアン様のご来訪を心よりお待ち申し上げておりますわ」

「……ああ」

ユリアン様は、こんなにも分かりやすい方だったかしら。余計なことを言うなと、そのグレーの瞳の奥が物語っている。

「チャイ王女には『良い仲の男性』はいらっしゃいませんの？　私にとってのユリアン様のような」

「アリスティーナ、よさないか」

チャイ王女は余裕の笑みで、にこりと私に微笑んでみせる。

「残念ながら、私にはまだそのような素敵な話はないのです。仲睦まじいお二人が羨《うらや》ましいですわ」

「まぁ。何だか恥ずかしい」

私はポッと頬を赤く染めてみせるが、対照的にユリアン様の表情はグッと硬くなる。

「私にもいつか、ストラティス殿下のように素敵な方が現れるといいのですけれど」

「チャイ王女のような女性なら、心配無用でしょう」

「ふふっ、社交辞令でも嬉しいです」

……何なの、どうしてなの。私というものがありながら、どうしてユリアン様はそんな顔をなさるの。

「では、失礼します」

ユリアン様は一礼の後、従者と共に去っていく。

「殿下は本当に素敵な方ですね。アリスティーナさんと並んでいると、とても絵になります」

「……ありがとうございます」

「私も、心から慕う方との幸せな未来があれば良かったのですけれど」

それは一体、どういう意味なのかしら。まさか、私が居るからユリアン様とは一緒になれないと、そう言いたいの？

「チャイ王女。そろそろ中へ戻りましょうか」

「ええ、そうですね」

にこりと微笑むその笑顔は、憎らしいほどに愛らしい。そう思ってしまう自分も嫌で、私も完璧な表情を作り微笑んでみせる。

「……ふん。何よ、こんなもの」

王女が前を向いている隙に、私は先程貰ったおしろいを布袋ごとゴミ箱に放り込んだ。それを誰かが遠目に見ていて、あまつさえ拾い上げていたなんて、夢にも思わずに。


「アリスティーナ」

それから数日後の中庭で、ユリアン様が私の名前を呼ぶ。側にいるサナに視線で合図を送ると、私の周囲にいた令嬢達が一礼の後そそくさとその場を後にした。

「まぁ、ユリアン様。一体どうなされたのですか？」

彼の方から私に話しかけてくるなんて、滅多《めった》にないことだ。滲み出る自信を隠すことなく、私はにこりと微笑む。

もしかすると、チャイ王女に親切にしてあげている心優しい令嬢だと、そう言いたいのかもしれない。ユリアン様は感情表現が苦手な方だから、私がちゃんと察して差し上げなければ。

「生徒会室の前に設置してある意見箱の中に、君への苦情が多く寄せられている」

「……は？」

労《ねぎら》いの言葉を待っていた私は、聞き違いでもしてしまったのかと、困惑の表情でユリアン様を見つめた。

「そういった意見は、今までにもあった。けれど最近は、目に余る」

「ち、ちょっと待ってください。私は」

「行動には気を付けた方が良い。君の側にチャイ王女が居る時は、特に」

それは一体、どういう意味なの？　まさか私と王女を比べて、あんな風になれと言っているの？

怒りを通り越して、言葉も出ない。体がふるふると震えて、顔に熱が集まる。

「それが君の為になる」

「ユリアン様が、そうおっしゃるのならば」

喉から声を絞り出し、心にもない台詞《せりふ》を吐いた。ユリアン様は短い溜息を一つ吐き出すと、もう用はないとでも言いたげに、私を置いてさっさと行ってしまった。

「……何なのよ、一体」

ありえない、あり得ない、こんなこと絶対にあり得ない……！　ユリアン様の、この国の第二王子の妻となるのは、この私でなければならない。そう、決まっているのだから。

チャイ王女の毒牙にかけられようとしている彼の目を、私が覚まさせる。それが、婚約者としての務めなのよ。見る目のない、なんて可哀想な人。天使のような笑顔に騙《だま》されて、その裏に隠された悪魔に気付きもしないなんて。

そうよ。私は何も、間違っていない。あの方の隣で笑うのは、この私でなくてはならないのよ。

「見てほら……」

「本当だわ。相変わらずね」

くすくすと、どこかで嘲笑が聞こえた気がする。文句を言おうと辺りを見回しても、その位置が分からない。……何だか、あちこちで笑われているような気がするのはどうしてかしら。

『チャイ王女とは、大違いだ』誰も彼もが、私のことをそんなふうに見ているのではと、疑心暗鬼に囚われる。

これも全部、あの女が現れたせいよ。

「あら？　ポケットに何かあるわ」

違和感を感じて探ると、あるはずのないものがそこから出てきた。

「これは……」

確かにゴミ箱に捨てたはずの、チャイ王女から贈られたおしろい。それがどうして、手元に戻って来たのか。こんな陰湿なことをするのは、きっとあの女以外には居ない。私は常に彼女の側に居るから、捨てた場面を見られてポケットに入れられたに違いない。

何て嫌味なのかしら。直接非難せずに、恐怖を煽《あお》るようなやり方を選ぶなんて。やっぱり、妖精なんかじゃないわ。

「あの女に、ユリアン様は絶対に渡さない」

とっくの昔に見えなくなったユリアン様の去った方向をぼんやりと見つめながら、私の中の何かがパチンと音を立てて切れた。

そうしてある日、私は遂に禁忌《きんき》を犯す。小さな嫌がらせだけでは満足できず、チャイ王女を階段の上から突き落としたのだ。残念なことに、彼女は護衛に受け止められて無事だった。誰も居ない瞬間を狙ったつもりだったけれど、この時の私は嫉妬のあまり、正常な判断が出来なくなっていたらしい。現行犯ですぐに衛兵に捕らえられ、目撃者も一人や二人ではなかった。

ユリアン様を含め、教師生徒関係なくすぐに大勢の野次馬が駆けつけ、私を取り囲む。その中には常に私に纏《まと》わりついていたサナも居たけれど、目が合った瞬間に逸らされた。

「……私は、何も悪くない」

ぽつりと呟いた瞬間、捕らえられた私を無表情で見下ろしていたユリアン様の眉間に、深いシワが寄る。婚約者である私がどうして、そんな目で睨まれなければならないの？　悪いのは全て、その偽善女なのに。

「何も悪くないとは？　自分が王女に何をしたか、本当に分かっていないのか」

「正当防衛ですわ、ユリアン様」

「正当防衛だと？」

まるで蛆虫《うじむし》でも見るような目で、私を見下ろしている。

「分からないなら説明してやろう。君は取り巻きと共にチャイ王女を脅迫し、姑息な苛めを繰り返した。それだけでは飽き足らず、上階から花瓶を落とし彼女に当てようとしたり、階段から突き落とそうとしただろう。一介の公爵令嬢が、友好国の王女に不敬という言葉では済まされないことをした。下手をすれば国同士の争いに発展する事案であると、馬鹿でも分かることだ」

ユリアン様が淡々と口にする事柄は、一字一句違わず全てが事実だった。

だから、何だというのかしら。私はただ、腹が立って仕方がなかったのよ。王女というだけで周囲からちやほやと褒めそやされ、まるで自分が聖女かなにかであるように、慈悲深く振る舞う。ユリアン様の心を私から奪おうとした、邪魔な女。

いっそ本当に、死んでしまえばよかったのに。

「言い訳をしても無駄だ。この場に君の味方は、誰一人としていないのだからな」

「……ユリアン様も悪いのですわ」

下を向き、本音を落とす。垂れ下がった自身の琥珀色の髪が、視界いっぱいに広がった。

「何故《なぜ》、その女には笑いかけるのですか」

「……君は一体、何を言っているんだ」

困惑の声色をあげるユリアン様を無視して、私は続ける。

「私と貴方様は婚約者同士でしょう？　いずれ妻となる私にこんなことをして、そのお心は痛まないのですか」

「……君は一度でも、私を見ようとしたことがあるのか」

「どういう意味でしょう。私はいつだって、ユリアン様ただ一人をお慕いしてまいりました」

貴方のように、他の誰かに心を移したりしないと、そう思って顔を上げた瞬間、散らばった髪の隙間からユリアン様の顔が見えた。

「君が手に入れたかったのは、私ではない。王子の婚約者という立場だ」

一瞬、貴方のそのグレーの瞳から涙が溢れてしまうのではないかと、何故だかそう思った。


「……ふぅ」

まったく、嫌なことを思い出してしまったわ。これからユリアン様に会いに行くと聞いて、つい。

当たり前のことながら、彼とチャイ王女は私の中でトラウマとなっている。

もう一度殺されない為には、良い子になることも大切だけれど、まずこの感情を完璧に封じ込めなければいけないわ。嫉妬も妬《ねた》みも憎しみも、今の私には必要ない。ユリアン様の婚約者という立場に執着せず、チャイ王女に会ったとしても冷静に応対する。

……ああ、ダメだわ。今あの女に会ったら、「この泥棒妖精！」と暴言を吐きながら飛びかかってしまいそう。そうなれば、二度目の死刑は不可避。まぁ、チャイ王女との対面はまだ先だろうし、まずはユリアン様ね。

「お父様。私も、ぜひ王家の別邸へついていきたいわ」

「おお、そうかそうか！　それは良い、きっと王妃様もお喜びになるぞ」

嬉しそうに私の頭を撫でるお父様を見上げながら、私はまだ見ぬ幼いユリアン様に向かって心の中で思いきりべーっと舌を突き出したのだった。


「まぁ、いらっしゃい」

「初めまして王妃陛下。私はクアトラ公爵家長女、アリスティーナ・クアトラと申します」

リリから選んでもらった蜂蜜色のドレスに身を包み、私は笑顔でカーテシーをしてみせる。

現国王陛下の妻であり、ユリアン様の母親でもある王妃・カトリーナ様。

私が彼女に抱いている印象は、とても綺麗な人。

ただそれだけで、他に取り立てて特筆する点はないように思える。無難というか人畜無害というか、あまりアクの強くない方だ。将来の義母になる人物としてみるならば、彼女は都合が良かった。

今にして思えば、気の弱そうな方だからこそ、ユリアン様をご出産なされた時不義を疑われたのが耐えられなかったのかもしれない。

確か今から二年後だったたか、ユリアン様は宮殿敷地内の端にある離宮に追いやられることになる。

彼のご家族、つまり王家の人間は滅多にそこに近寄らなかった。王宮の侍女がそこに異動になることは左遷と同義だと言われ始めたのはいつからだったたか。

以前は大して気にも止めなかったけれど、あの状況を作り出していたカトリーナ様も案外怖い方なのかもしれないと今は思う。注意して、覚えておいた方が良さそうだ。

「五歳になったばかりだというのに、とても賢いのね。所作も完璧だわ」

「王妃陛下にお褒めいただけるなんて、光栄でございます」

「それにお顔も、まるで天使のように愛らしいわ。琥珀色の髪も、とても素敵。マッテオと似ているわ」

私は内心、そうでしょうそうでしょうと頷いている。私を褒められて、お父様も至極満足そうだ。

どうしてここで第一王子であるマッテオ殿下の名前が出てくるのかは、良く分からないけれど。

「今日は、息子のユリアンを紹介しようと思うの。ちょっと、あの子を呼んできてちょうだい」

「かしこまりました」

流石は王家の侍女やメイド。ずらりと並んだ彼女達は、見渡す限り一人の例外もなく立ち振る舞いも容姿も完璧だ。

だけど私は、リリの方がずっとずっと好きだ。今日この場に彼女が居ないせいで、私の胸の中には不安の種が埋められていた。

しばらくして乳母に連れられてやって来たのは、幼き日のユリアン様。一瞬驚いたけれど、私だって五歳なのだから彼だって幼いのは当然のことだ。

虹彩を取り込んだグレーの瞳は、とても不思議な光を放っている。見知っていてもつい目を奪われジッと見つめていると、彼は嫌そうに顔をしかめてふいっとそっぽを向いた。

「……」

やっぱり、この頃からユリアン様は感じが悪いのね。綺麗なのは容姿だけだわ。

「ユリアン、クアトラ公爵家のアリスティーナ嬢よ。きちんとご挨拶なさい」

「初めまして、ユリアン殿下。アリスティーナ・クアトラと申します」

ドレスの裾を持ち上げ、にこりと笑ってみせる。ユリアン様はこちらを見もしないまま、小さくこくんと頷いただけだった。

「ごめんなさいね。アリスティーナさんと比べると出来が悪くて、お恥ずかしいわ」

「とんでもない。陛下と王妃様、お二人によく似た賢そうな方で、今から将来が楽しみですな」

お父様が朗らかな口調でそう言うと、カトリーナ様はあまり嬉しくなさそうに「そうかしら？」と首を傾げた。

「そんなことよりアリスティーナさん。宜しければこの子と少し遊んでくださらない？」

あまり乗り気はしないけれど断るのもおかしな話だし、ここは無難に対応した方が良いわよね。

「はい王妃陛下、喜んで」

「まぁ可愛らしいこと。良かったわね、ユリアン。くれぐれもアリスティーナさんに不快な思いをさせないようにするのよ」

ユリアン様は王妃殿下の斜め後ろに立ち、無表情でこくりと頷く。

あの頃の私は幼いせいもあり、ユリアン様が本当に魅力的に思えたけれど、今になってみれば固執する必要もなかったのかもしれないわ。だって彼は見るからに、私に興味がなさそうだから。

それでも、カトリーナ様には逆らえない。私はたたっと駆け出し、ユリアン様に向かって五歳の子らしくにこりと笑った。


きらきらと輝く太陽の元を優雅に歩く私と、その少し後ろをつまらなさそうに歩くこの国の第二王子。

普通に考えて、私がユリアン様の前を歩くだなんてとんでもないことなんでしょうけれど、五歳だから許されるわよね。

改めて、ユリアン様はつくづく神に愛された方だと感じる。地位も権力も申し分ない上に、この容姿。無愛想な表情も、見方を変えればとてもミステリアスだわ。

不義の子だのなんだの少し噂が立ったくらい、何でもないことだ。この仏頂面《ぶっちょうづら》が、いつか私の前でだけ崩れることを、私は十年以上も待っていたのに。出会ってたった数ヶ月のチャイ王女に、何もかも負けてしまった。

舌でも突き出してやりたいところだと思いちらっと振り返ると、ユリアン様は律儀に私の数歩後ろを着いてくる。視線が合いそうになったので、慌てて前を向いた。

ここのローズガーデンは、宮殿ほどではないにしろ種類が豊富で造形にも凝っていて見ていて飽きない。

以前の私は、バラが大好きだった。華やかな芳《かぐわ》しい香り、堂々と咲き誇る大輪の花、自身を守る為張り巡らされた棘《とげ》。

「あら、ブッシュ・ローズだわ。素敵」

数あるバラの中でも、私が特に好きな品種。まさに「花の女王」と呼ぶに相応しい、天に真っ直ぐ伸びた荘厳な美の象徴。

以前ならば、ユリアン様の横顔に釘付けになっていたことだろう。けれど今はもう、ある意味で見慣れてしまっている。二人でローズガーデンをただただ無言で散策し、私は彼ではなくバラを見つめていた。

「バラに詳しいの？」

しばらく歩いたのち、不意にユリアン様が私に言葉を向ける。視線は変わらず、こちらにはない。

「詳しいというほどではありませんが、好きです」

「君は本当に五歳？」

その台詞にドキリとし私は思わず足を止めた。それを貴方が言うのかという思いもあるけれど、確かに私の中身は五歳ではないので、ユリアン様の指摘は的を射ている。

「それは私が大人びて見えるということですか？」

「あぁ、そう見える」

「でしたら光栄ですわ。そう見えるように振る舞っていますので」

あまりにも幼稚な態度は流石にプライドが許さないので、適当な言葉で繕う。最終的に可愛らしくにこりと笑っていれば、なんとかなるだろうから。

「クアトラ公爵家の令嬢なら、したい放題だろう。わざわざ大人ぶった振る舞いなんかしなくとも、どんな我儘だって許されるはずだ」

「確かに、それは間違っておりません」

甘やかされ放題、好き勝手し放題、それを咎める者などいないし、もしもいたら家の力で捻《ひね》り潰してきた。私にとっては息をするのと同じように、それが当たり前のことだった。

だってそう、育てられてきたのだから。

「ですがその先には一体、何が待っているのでしょうね」

私は彼方を見つめながら、ゆっくりと目を細める。

「全てを手に入れたと思っているのは、きっと自分だけなのです」

以前の私に思いを馳《は》せながら、ぽつりと呟く。そんな私を無言で見つめるユリアン様に、ハッとして下を向いた。確かにこれは、あまりにも子供らしくないかもしれない。

「それに私よりも、殿下の方がよっぽど素晴らしい人生ですわ。なんといっても、正統な王家の血筋なのですから。全ては思いのままではないですか」

だから貴方は婚約者の私を捨て、チャイ王女を選んだ。王家の力の前には、クアトラ家の権力など何の意味もなかった。

「何か怒っている？」

つい過去の恨みが出てしまったのか、棘のある言い方をしてしまった。ユリアン様はグレーの瞳を無垢に揺らし、先程と同じくただジッと私を見つめている。この方からこんな風に見つめられたことなんて、あったかしら。それとも覚えていないだけ？

「何も怒ってなどいませんわ。そんな畏《おそ》れ多いこと」

姿が幼いせいで、何だか私の方が悪いことをしているみたい。言っておきますけど、酷いのはユリアン様の方なんですからね。

「せっかくですし、もっと楽しいお話をしませんか？」

これ以上話すとボロが出てしまいそうだと思った私は、とっさに話題を変える。

こんな時、五歳は便利だ。多少の脈絡がなくたって、子供だから許される。

「誰かと話すのは好きじゃない。特に君のような、由緒正しい家のご令嬢とは」

「な……っ」

一瞬反論しかけたが、小さな拳《こぶし》を力いっぱい握り締め、ぎりぎりのところで耐えた。

「そうですか。ではこのまま静かに、散策を続けましょうか」

私はにこりと微笑むと、再び足を進める。ユリアン様が驚いたように目を見開くのが見えたけれど、私には関係のないことだった。


「お帰りアリスティーナ。ユリアン殿下との散歩は楽しかったかい？」

「ええ、とっても。ここのローズガーデンは本当に素敵だわ」

実に退屈な時間を終えてお父様の元に駆け寄ると、優しく頭を撫でられる。質問の答えが微妙にずれていることに、お父様は少し変な顔をしたけれど、私は気づかないふりをしてにこにこと笑った。

良い香りに包まれて、私までバラの匂いになったみたい。くんくんと自身の匂いを嗅いでいると、ぱちりとユリアン様と目が合う。

まぁ、珍しい。私の方なんて滅多に見なかったくせに。

過去の恨みがふつふつと湧いてきて、私は周囲の大人が見ていないのを確認してふん、とそっぽを向いた。

二度目も私に好いてもらえるなんて思わないことね、ユリアン様。立場上、無下にはできないけれど、私はもう貴方なんかに興味はないんだから。

あぁ。だけど、やっぱりとっても綺麗なお顔だわ。いつまでも見つめていられそう。一度逸らした視線を彼に戻すと、またぱちりと視線が合う。さっき私がしたように、ユリアン様もふん、とふてぶてしく顔を背《そむ》けた。

この……っ、なんて性格の悪い人なの。ふるふると拳を震わせながら、私はお父様に擦《す》り寄る。

「お父様。私、疲れてしまったわ」

「おお、そうか。ではそろそろ失礼するとしよう」

眠そうに目を擦《こす》ってみせれば、お父様は優しくそう言って私を抱っこしてくれた。

さようなら、ユリアン様。また次にお会いする機会が、どうかうんと先でありますように。

やっぱり、なんだかんだ言っても私は五歳。一度嫌だと思ったら嫌で堪《たま》らない。

それからは彼の方を見ることもなく、お父様に抱っこされたまま王家の別邸を後にした。

その数日後。今日はなぜかクアトラ邸にユリアン様がやって来るらしく、朝から私はリリにべっとりと張りついて離れなかった。

「あらあら、アリスティーナお嬢様ったら」

困ったように笑いながらも、リリは私を拒否しない。すっかり彼女の虜である私は、リリから香る甘い匂いを小さな胸いっぱいに吸い込んだ。

「もうすぐ殿下がお見えになりますから、お支度しましょうね」

「どうしてもしなくちゃダメ？　私会いたくないわ」

「まぁ、いけませんよ。そんなこと」

彼女のエプロンドレスの裾を握り締め、ぷくっと頬を膨らませる。リリは体を屈めると、私と同じ視線の位置で優しく微笑んだ。

「誰にだって苦手なことはあります。ですが出会いは、一期一会というもの。どんなことにも、意味はあるのです」

「……私がユリアン様と過ごすことに、きっと意味なんてないわ」

どんなに懇意にしようとも、最後には見捨てられる。そんな絶望的な未来へと繋がる道に、一体どんな意味があるというの。

頑《かたく》なに嫌がる私を、リリは根気よく慰《なぐさ》めてくれる。私の気持ちに寄り添いながら、優しく諭してくれる。不思議と彼女の言葉は素直に受け止められて、私の心に染み込んでいった。

「どんな経験もきっといつか、お嬢様を救ってくれる大切な糧《かて》になります。もしも迷った時は、リリと一緒に考えましょう？」

「……そうね、分かったわ」

すっかりリリ信者と成り果てている私は、彼女の言葉に大きく頷いた。そして心の中で改めて誓う。今度の人生では、何があっても彼女を解雇するような馬鹿な真似は絶対しないと。

「ユリアン様をお迎えする準備をするわ！」

「このリリにお任せくださいな」

私は椅子から立ち上がって腰に手を当て、胸を張ってみせる。彼女はくすくすと笑いながら、私の頭を優しく撫でた。

さぁ、どこからでもかかってきなさいユリアン様。このアリスティーナ、逃げも隠れもしませんわ！


ユリアン様とその他を乗せた馬車が、我が屋敷に到着した。

私はフリルがたくさんあしらわれた淡いピンク色のドレスに身を包み、エントランスホールまで出迎える。両親と三人のお兄様、屋敷の使用人達がずらりと並び、ユリアン様の到着を笑顔で喜んだ。

彼の側には、従者が数人。王子の外出にこれだけしか護衛が居ないなんて、ちょっと呑気すぎやしないかしら。まぁ、別にどうでも良いけれど。

私だって、中身は十六歳よ。内心では面倒に思いながらも、子供らしい笑みを浮かべてみせることなんてお安い御用なんだから。

アフタヌーンティーには少し早い時刻だったので、両親は私達にユリアン様の相手をするよう命じた。

「屋敷を案内致しましょうか」

「図書室はいかがでしょう」

「乗馬などは」

お兄様達が様々な提案をしてみせるが、ユリアン様はそのどれにも良い顔をしない。感情の見えないグレーの瞳を、ただつまらなそうに揺らすだけ。思えばユリアン様って、いつもこうだったわ。興味のないことにはとことん無関心で、愛想や体裁というものを持ち合わせていない。

「私、あっちへ行っているわ」

この状況に飽きてしまった私は、ここぞとばかりに五歳の特性を利用する。このくらいの歳の子は、退屈に耐えられないのよ。

「あ、アリスティーナ?」

「湖が見たくなってしまったの」

狼狽《うろた》えるお兄様達に向かってそう口にしてから、たたっと駆け出す。その後ろをリリやその他の使用人数名が、慌ててついて来た。

これはきっと、婚約話を明確にする為の来訪。もしかすると既に、大人達の間では話がまとまっているのかもしれない。

どうせ避けられないことなのだから、抗うつもりもないけれど。もう昔のように、気に入られようとして媚びへつらったりなんて、しないんだから。

私は貴方とは、絶対に結婚しない。


「まぁ、良い風……」

敷地内にある小高い丘。ここからは遠くにある湖を見渡せる。王都周辺にあるタウンハウスで、この景色を見ることが出来るのはなかなか貴重だ。子供の頃はお兄様達とよくここで遊んでいた記憶があるけれど、成長してからはめっきり行かなくなってしまった。だって風のせいで、髪が乱れるんだもの。

暖かな陽の光を受け、湖がきらきらと光って見える。触れればきっと、滑らかで気持ちがいいんだろう。

水遊びなんてほとんどしなかったけれど、今度お父様にお願いしてみようかしら。以前出来なかったことが出来るなんて、やり直しの特権よね。

風に遊ばれる琥珀色の髪をそのままにしていると、背後で芝を踏みしめる靴の音がした。振り返るとそこには、ユリアン様が立っていて。相変わらず感情の読めない顔で、ジッとこちらを見つめていた。まさかついてくるとは思わなくて驚いたけれど、それを顔に出さずにこりと微笑む。

「あら、ユリアン様」

「ここで、何を？」

「遠くに広がる湖を見ています」

私はそれだけ言うと、ふいっとユリアン様から瞳を逸らす。せっかく離れたのに、なぜ追ってくるのかしら。昔から、ユリアン様の考えることは全く分からないわ。

「宜しければご一緒にいかがですか？」

これは社交辞令。どうせユリアン様は、了承しない。そう思っていたのに、彼は無言のまま私の隣にやってくる。

私はつい、思いっきりしかめっ面をしてしまった。

「君は何でそんな顔をするの？」

「え……？」

「僕のことが嫌い？」

まさか、あのユリアン様からこんな質問をされるなんて。それに纏う空気が、どう見ても五歳とは思えない。

「嫌いなんて、そんなことはありません」

嘘だけど。

「じゃあ興味がない？」

「どうしてそんなことを聞くのですか？」

私の質問に、ユリアン様は無表情のままグレーの瞳をふいっと湖へ向けた。

「そうだったらいいなと思って」

その瞬間強い風が吹き、再び私の長い髪が空へとなびいた。なんなのそれは。盛大な嫌味かしら。

ユリアン様の意図が読めず、私は険しい顔をしながら彼を見つめる。この間初めて会ったばかりなのに、そんなに私のことが嫌いなのかしら。

「僕、人から面と向かって否定的なことを言われた経験がなくて」

「はい？」

「それが堪らなく嫌なんだ」

さわさわと爽やかなそよ風が、ユリアン様のグレーの髪で遊び始める。彼はくすぐったそうに、前髪を指で払った。

「心の中と顔が違う。そういうの、僕には分かるから」

「……それはまぁ、なんというか」

「君はそれが特に分かりやすくて」

「まだ子供なので多目に見てください」

きっと、本当の子供はこんなことは言わない。ユリアン様もそう感じたのか、私の言葉に少しだけ頬を緩めた。

「君が僕のことを良く思っていないなら、正直にそう言ってほしかったんだ」

「それは何故ですか？」

「嘘に疲れたから、かな」

まだ五歳のくせに、嘘に疲れただなんて。

王家に生まれ最高の環境で育ち、その上見た目もこんなに美しい。十二分に恵まれた身分なのだから、周囲が気を遣って多少の嘘を吐《つ》くくらい、仕方のないことだ。もしかしてユリアン様は、私より我儘な人なのかもしれないわ。

「私が今から何を言っても、許してくださいますか？」

「うん」

本当は、つかず離れずの距離を保つ予定だった。ある程度ご機嫌を取りつつ、チャイ王女が現れた時には素直に身を引く。ユリアン様の婚約者という立場に固執しなければ、きっと全ては丸く収まる。だから、あまり下手な発言はしたくなかったのだけれど。

以前も今も、私は本当にユリアン様の外見以外は嫌いだわ。

「それは甘ったれの考えではないでしょうか」

ユリアン様の瞳を見つめながらきっぱりと言い放つ。彼は一瞬、驚いたように目を丸くした。

「欲しいものは何だって手に入るのだから、その中で満足すべきです」

「欲しいものは、なんでも……」

「言っていることが真実か嘘かなんて、どっちでもいいじゃありませんか。真実が全て素敵だなんて、そんな保証はどこにもありません」

貴方は王子様なのだから、どうせ誰も逆らえはしない。だったらその立場を最大限に利用して、幸せに生きていけばいいじゃない。

「ユリアン様は王家に生まれたその瞬間から、既にほとんどの者よりも恵まれているのですから、自身が手にしているものの中で、満足して生きるべきだと私は思いますわ」

ふんと鼻を鳴らして、私はしてやったりという顔をしてみせる。ユリアン様の悩みなんて、私に比べたらちっぽけなものなのに。

私の言葉を聞いても、彼はぴくりともしない。怒っているのかいないのか分からないから、自分から布石を打った。

「約束いたしましたよね？　何を言っても許してくださるって」

「うん、確かに約束した」

「では、怒らないでくださいね」

五歳相手に、少し大人気なかったかしら。過去に捨てられた恨みを、つい目の前のユリアン様にぶつけてしまった。

彼は変わらず感情の読めない瞳で、私をじっと見つめる。そして静かに口を開き、言った。

「君は、とっても性格が悪いんだね」と。

その台詞を聞いた瞬間に、私の体はわなわなと震え出す。自分が正直に言えと言ったくせに、この私にそんなことを言うなんて。それはもう腹が立って腹が立って……。

「……いいえ、違うわ」

怒りで震えているのではない、これは恐怖だ。

「私……私、何も変わっていないんだわ」

体中から、さぁっと血の気が引いていく。急に様子が変わった私を見て、流石のユリアン様も動揺しているのが分かった。

「リリ……リリぃ……っ！」

「アリスティーナお嬢様！」

後ろで待機していたリリが、一目散に私の元へ飛んでくる。縋《すが》るように抱きつくと、彼女はそのままふわりと私を抱き上げた。

「申し訳ございませんユリアン殿下。アリスティーナお嬢様は、体調を崩されてしまったようです」

「えっ、急に？」

今の私には、彼を気遣う余裕などない。

「やだ、やだぁ……」

走馬灯のように襲ってくる、自身の死ぬ瞬間の映像。ぎゅうっと目を瞑り、無意識に掌で振り払おうとする。

「僕のことは気にしなくて良い」

「本当に申し訳ございません」

ユリアン様とリリの会話をぼうっと聞きながら、私はただただ体を震わせることしか出来なかった。

「あぁ、やってしまった……」

現在自室にて蜂蜜入りの温かいミルクを飲みながら、ようやく落ち着いた私は後悔に苛《さいな》まれていた。

ユリアン様の前であんな風に取り乱してしまうなんて、あってはならないことだわ。いいえ、元はといえばユリアン様が悪いのよ。だって過去では私にあんな仕打ちをしたくせに。言うに事欠いて「性格が悪い」ですって？　そんなことを言われたら、処刑された時の記憶がフラッシュバックしたっておかしくない。歪んでいるのは一体どっちよ。

「……いいえ、違うわ。そうではないのよ」

私が本当に恐怖を感じたのは、ユリアン様ではなく自分自身にだ。リリのおかげで、以前の私よりも遥かに『良い子』に育っていると思っていたし、そうでなければならない。けれど彼にはっきりとああ言われ、自身の発言を振り返って思ったのだ。

——やっぱり、私は私なのかもしれない、と。

今思えばあの時きっと、ユリアン様は悩んでいたのだろう。とても分かりづらいけれど、昔よりはまだ分かりやすいとも思う。というよりも、私が彼を見る視点が違う。妻になりたい、好かれたい、興味を持ってほしいなどという感情がないから、ある程度客観的に見ることが出来る。

第二王子という立場にすり寄ってくる、嘘にまみれた貴族達。大半の人間はユリアン様を『王子』として見ている。彼が彼であることなど、どうだって良いのだ。

あれはきっと、ユリアン様なりの吐露《とろ》だった。それなのに私は、そんな彼に寄り添わなかった。贅沢を言うなと切り捨てた。まだ、たった五歳の男の子を。

「確かにこれは、性格が悪いと言われても仕方ないわね……」

認めるのは癪だけれど、確かに優しい人間の思考ではなかったと、素直に反省した。私はアリスティーナだけど、以前のアリスティーナとは違う。今の私は、己を顧《かえり》み反省するということを覚え、常にアップデートを欠かさない人間なのよ。いつまでも以前の記憶に怯えていては、前には進めない。いい加減受け入れなさいアリスティーナ。

「そうよ、私は性格が悪いわ！　悪いのよ！」

まずはここからだ。自分を受け入れてやらなければ。握った拳を天高く突き上げ「私は性格が悪いの！」と何度も繰り返していると、いつの間にか部屋にいたらしいリリが、涙目で私を抱き締めた。

「どうしましょう、お嬢様が！　ああ、お嬢様！」

「リ、リリ落ち着いて。私はどこもおかしくないから」

「お嬢様ぁっ！」

今度からは、もっと小さな声にしましょう。彼女に余計な心配は、掛けたくないものね。

「そういえば、ユリアン様はもうお帰りになられたのかしら」

うんしょうんしょとリリの腕から抜け出した私は、彼女に尋ねる。

「殿下でしたら、丁度今お帰りになられるところです。それでお嬢様をお呼びしようと」

「ありがとうリリ、私行くわ」

フリルたっぷりのドレスをふわりと翻し、私は足早にユリアン様の元へと向かう。流石にこのままお別れでは体裁が悪い。次に会うのは、いつになるか分からないのだから。

「ユリアン様……っ」

螺旋《らせん》階段を駆け降り、私は小さな手で胸を押さえながら呼吸を整えた。

「体調は良いの？」

「先程は失礼いたしました。私、たまにああなってしまうのです」

ユリアン様はグレーの瞳を揺らし、じっと私を見つめる。

「どこか悪いの？」

「ええ、性格が」

にこりと微笑んでみせれば、その場にいた私以外の人間が全員息を呑むのが分かった。

「あは、あはは……っ」

しばらくぽかんとしていたユリアン様は、盛大に噴き出す。子供らしい笑い声をあげ、けたけたと笑った。

「君は面白いね。僕の想像する令嬢とは違ったみたいだ」

「あ、あの」

「また来る」

すぐに笑顔は消えいつものポーカーフェイスに戻ったけれど、馬車に乗り込むその背中はどこか満足げに見えた。

「……」

そういえば私、彼の笑ったところを初めて見たわ。

何があんなに面白かったのか理解出来ない私は、首を傾げながら段々と馬車が小さくなるのを、黙って眺めていた。

第三章　それぞれが育った場所

ユリアン様が初めてクアトラ家へやって来たあの日から、もう一ヶ月は経っただろうか。両親に呼び出された私は、ユリアン様との婚約が纏まったことを聞かされた。これで私は晴れて、彼の婚約者となった。以前はあんなに舞い上がったのに、今はちっとも嬉しいとは思えないから、人生って不思議よね。

「これからはアリスティーナも、淑女としての振る舞いを覚えていかないといけないわね。もちろん、貴女はそのままでも愛らしいけれど」

自宅の談話室。ソファに腰掛けるお母様は、温かい声色でそう言いながら優しく頭を撫でる。

「流石はアリスティーナだ。たった数度顔を合わせただけで、殿下に気に入られてしまうとは」

「当たり前じゃない。私達のアリスは、世界で一番可愛いのだから」

お父様とお母様の会話をぼんやりと聞きながら、私の頭の中は冷静だった。彼と婚約していたのは、ただ身分がつり合っていたというだけで、ユリアン様が私を気に入ったからではない。それは前回も今回も同じことだ。

だけど私、あの方がこの間みたいに笑ったところを、初めて見た。

「……あまり嬉しくないわ」

今までユリアン様に笑いかけられたことなど、一度だってなかった。それを渇望していた私は、チャイ王女が憎くて仕方なかった。私以外の女が彼に微笑まれるなどあってはならないと、彼女を階段の上から突き落とそうと手を伸ばした時、私は確かに思ったのだ。ユリアン様から優しくされる貴女なんて、この世からいなくなってしまえばいい、と。

「ん？　今何か言ったかい？」

「いいえ、何も？」

天使のような笑みを浮かべて誤魔化《ごまか》した私は、ソファからぴょんと飛び降りると上目遣いにお父様を見つめた。

「お話は終わり？　もう行ってもいい？」

「まぁ、アリスティーナったら」

二人共、穏やかな笑みで私を見つめている。こんなに優しいのに、結局私は見捨てられてしまうんだと。そう思う度に、胸が軋《きし》んで苦しかった。

「そういえば最近、アリスティーナがとても優しくしてくれると、侍女達から聞いたよ」

「えっ、それは本当？」

「ああ、本当だよ」

それはとっても良い兆候だわ。いつぞやはユリアン様から「性格が悪い」なんて言われたけれど、やっぱり私はちゃんと変わり始めているんだわ。嬉しくなって瞳を輝かせながら、リリの方に視線を向ける。彼女も温かい笑顔でにこりと笑ってくれた。

良い調子よ、アリスティーナ。だけど孤独処刑回避の為には、もっともっと優しくならなくちゃいけないわね。ユリアン様と婚約破棄出来たからと言って、必ず死を回避できるとは限らない。周囲から見捨てられないような関係を、築いていかなければ。

「だけどな？　アリスティーナ。お前が使用人達に気を遣うことなんてないんだよ？」

「そうよ。私達は公爵家の人間なの。貴女は可愛らしくて聡明で完璧な存在なのだから、下々の者を同等に扱っては駄目よ」

「……ええ、分かったわ」

目の前の両親の笑顔は、リリと同じように温かなものだ。笑いながら頷きつつ、心の中に言いようのない違和感が広がっていく。

アリスティーナ・クアトラは、眉目秀麗《びもくしゅうれい》の完璧な公爵令嬢だった。お父様とお母様はいつだって私を褒めそやし、周囲に自慢していた。

けれどあんなことになり、クアトラ公爵家は多大なる迷惑を被《こうむ》ったはずだ。誇らしかった娘は、一転して一族の汚点となった。

そんな私と同じ場所に落ちることを忌み嫌った両親や兄達は、きっと私を切り捨てたのだ。

「どうしたの？　アリスティーナ。具合が悪いの？」

「今すぐに医者を呼ぼうか」

心配そうに私を覗き込む二人に向かって、もう一度天使の笑みを浮かべる。

「何でもないわ、心配しないで」

自業自得なのだという感情と、娘を見捨てた両親への恨みとが複雑に絡み合っていたけれど、そんなことはおくびにも出さなかった。


また別の日。私は、クアトラ公爵家の敷地内にある、湖の見える小高い丘に立っていた。お父様に頼んでここにガゼボを建ててもらった私は、しょっちゅうこの場所で遊んでいる。以前の私はあまり外で遊ばなかったので、この場所はなかった。それが今では私の一番のお気に入りとなっているのだから、人生とは不思議なものね。

ここは良いそよ風が吹くし、一人でゆっくり考え事をするのに最適。だから今日だって、私にべったりのお兄様達を撒いてやってきたと言うのに。

「最近、クアトラ領について勉強しているんだ。知れば知るほど、君の父上は財を成す才が素晴らしいと感心するよ」

隣に当たり前のようにユリアン様がいるものだから、思わず深い溜息を吐いてしまいそうになった。

「君もそう思うだろう？」

「ええ、まあ。そうですわね」

「僕もいずれはクアトラ公爵の助力となれるよう、今から教えを乞おうと思っているんだ」

私の知っているユリアン様は、絶対にこんなことは言わない。人はここまで変わるものなのかと思いながら、私も彼と同じように父・ジョゼフを思い浮かべた。

我がクアトラ公爵家の強みは、その広大な領地にあると思っている。比較的平地が多く、森林や湖などの自然が占める割合と人々の暮らす居住地のバランスが絶妙で、作物や動物達が育ちやすい風土にも恵まれているのだ。

けれど人口が多いということは利点も多いけれど、その分いざこざも起きやすい。

お父様は大勢の部下達を上手く使い、火種の小さなうちに問題を収める。そして定期的に、領民達に娯楽と闘争心を適度に煽るような催し物を開催していた。

例えば、クアトラ領の特産物の一つでもあるルヴァランチアカボチャの大きさを競うコンテストを開催したり、その年で一番上等なワインを醸造した者を選出し、それを国王陛下への献上品としたり。お父様はとにかく、そういった人心掌握術《しょうあくじゅつ》に長《た》けているのだ。住み良い環境とそういった盛り上がりのおかげで、クアトラ領に移り住みたいと願う平民は後を絶たない。おかげでクアトラ公爵家の資産は年々膨らんでいくばかりだった。

確かにお父様の手腕は素晴らしいけれど、愛する娘を見捨てるような男だもの。きっと裏で汚い手もたくさん使っているに違いないわ。

「領地を経営するということは、そこに住まう領民の命を預かっているということだ。綺麗事だけではやっていけないと、君が理解してあげないと」

「……ユリアン様。私の心を読むのは、やめていただけますか？」

「アリスティーナの顔を見ればすぐに分かるよ。だって僕は、君の婚約者だから」

「……ああ。そうでしたわね」

色々と諦めた私は、適当に返事をしてふいっと視線を湖に向けた。

早いもので、私達の間に婚約が結ばれてから二年が経とうとしている。

七歳になった私は、順調に平凡な令嬢への道を歩んでいる最中。……とは、胸を張って言えない。

環境とは恐ろしいものだと、今、身をもって実感している。

私がいくら努力しようとも、周りが全力で甘やかしてくる。まだ十歳にも満たない子供がそんな風にされたら、価値観が歪んでしまうのも無理はないのよ。時折我儘アリスティーナが顔を出し、その度にリリに泣きついているけれど、最近はそれにも限界を感じていた。

彼女がいなければ今頃どうなっているのかと、想像するだけでぞっとするわ。

「それにしても、ここはいつ来ても本当にいい場所だね。あの湖を見ていると、些細《ささい》なことがどうでも良く感じられるよ」

ユリアン様も私と同じように、そのグレーの瞳を湖に移した。

「あの、ユリアン様」

隠すことなく、彼をじろりと睨む。以前の私では考えられなかった行動だ。そしてそれは、ユリアン様にも言えること。婚約が結ばれてから約二年の間、彼はもう何度も、こうして私の屋敷を訪れている。決して好かれているようには思えないし、訳の分からないことをぶつぶつと呟いては、自己完結して満足そうに去っていく。なんだか私、別の意味でこの方が怖いわ。一体何を考えているのか、全く分からないんだもの。

「何？　そんなにじっと見つめて」

「ユリアン様は、ここにいらっしゃって楽しいのですか？」

「うん、それなりに」

全く、何なのかしら。子供らしさのカケラもないふてぶてしさだわ。今の私は彼に気に入られようと思っていないので、もうすっかり猫をかぶることを止めている。

「君は楽しくないの？」

「顔を見て分かりません？」

「さぁ、どうだろうね」

……リリ！　助けて！　半ば涙目になりながら後ろに控えているリリにＳＯＳの視線を送ったけれど、彼女はただ優しい笑顔で微笑むだけだった。なんとなくリリの心の声が透けている気がする。

――お嬢様が楽しそうでなによりです。

ちょっと、やめてよ！　ちっとも楽しくなんてないから！　せっかくの優雅な一人の時間を邪魔されて、私は思いきり唇を尖らせた。

「いくら婚約者だからとはいえ、こんな場所ではキスできないよ」

「だっ、誰がそんなことせがんでいるって言うんですか‼」

死んでしまう前の私は、この方の側に十年以上も居たというのに、きちんとした会話すらまともに交わした記憶がない。関わることに非常に消極的だったこの二年間の方が、彼とたくさん話しているなんて、何という皮肉かしら。

ユリアン様はとにかく無表情な方だと思っていたけれど、良く観察すると案外そうでもない。まぁ、今はまだ子供だし表情を隠しきれていないのかもしれない。

それにマイペースというか、こちらの話を聞いていない。意外と強引で、自己中心的な人だ。婚約が結ばれてしまった以上はどうしようもないし、私がどうあがいた所で家同士の婚約は簡単には破棄できない。その慣習を利用して散々好き放題してきた私が言うのだから、間違いない。

彼との関係をどうこうするよりも、私にはやらなければならないことが山ほどあるのに。今のユリアン様は、性格改善の為に全力を尽くしたい私の邪魔にしかならないのよ。

「そういえば、王妃陛下が近々君にドレスを贈るそうだよ。二十着ほど」

「まぁ、二十着も！　部屋のクローゼットに入りきるかしら。持っているドレスを何着か捨てて……」

こら、ダメよアリスティーナ！　こういう思考が、我儘な性格を作り上げる要因の一つなのよ。私はきらきらと輝かせていた瞳を落ち着かせ、こほんと咳払いをする。そして、隣に座っているユリアン様に向き直った。

「ユリアン様から、王妃様の侍女に伝えてくださいませんか？　大変ありがたいのですが、そんなにはいただけませんと」

「何故？」

「何故って、それはえぇっと……今持っているドレスを大事にしたいからです。それに、もしも王妃様からプレゼントを一ついただけるのなら、それが何であっても大切にいたしますわ」

言い終えた後、堂々と胸を張ってみせる。そうよ、これこそが性格の良い控えめなご令嬢の姿。いくら有り余る財源があろうとも、良い子は決して無駄な贅沢をしたりしないのよ。

そんな私を見て、ユリアン様はしぱしぱと数回瞬きをする。そして無表情のまま、彼の細い人差し指が私の胸辺りを指さした。

「君の心は、絶対にそんなこと思っていないでしょ」

「な……っ」

「そんな嘘吐いてどうするの？　王妃陛下に気に入られる為？　それなら心配しなくても、あの人は君以上に贅沢好きの……」

ガタン！

彼の台詞が終わる前に、私はベンチから勢いよく立ち上がった。怒りで真っ赤になった顔を隠すこともなく、全力で睨みつける。

「貴方に一体、私の心の何が分かるというの！　知った風《ふう》な口を聞かないでよ！」

「アリスティーナ」

「もう話したくないわ！」

ブンッと音がしそうなほどそっぽを向いて、私はタタッと駆け出しリリに抱きつく。大きな瞳から今にも涙が溢れ落ちてしまいそうだったが、それだけは嫌でぐうっと堪えた。

「お嬢様、殿下に対してあんな……」

「分かってる！　後で土下座でも何でもするから、今はもう帰りたい！」

「お嬢様……」

リリの腰元にしがみついている私は、意地でもユリアン様の方を見ない。リリやその他クアトラ家従者がおろおろと慌てる中、ユリアン様の冷静な声だけがやけに響いた。

「僕のことは気にしないで、アリスティーナを連れて帰ってあげて」

「殿下」

「ほら、早く」

彼女は私の代わりに何度も彼に陳謝していたけれど、私はそんなことはお構いなしに、クアトラ家の馬車に飛び乗った。ユリアン様の顔なんて、もう二度と見たくない。

――遂に天罰が下ったのね。今まで好き放題にしていたバチよ。

――いい気味だ。誰も同情なんてしちゃいない。

――人の気持ちを考えられない人間は、誰にも愛されない。

「……るさい、うるさい、うるさいっ!! そんなこと、分かってるわよ……っ」

自室で一人、琥珀色の綺麗な髪をぐしゃぐしゃと掻きむしる。これは妄想でも何でもなく、私が断罪されている最中に掛けられた言葉。

誰一人として様子を見に来てくれない、哀れな私を蔑むように見下した、看守達の目と口調が蘇る。

「違うわ……私はもう、あの頃とは違うのに……」

まるで呪文のように、何度も何度も繰り返す。心臓に手を当て、ゆっくりと呼吸をしなければと意識する。そうしているうちに、ぐちゃぐちゃに絡まっていた心が少しずつ落ち着いていった。

さっきはつい、取り乱してしまった。ユリアン様にあんな態度を取るつもりなんてなかったのに、図星をつかれて怒るなんて情けないわ。

以前の私には、この憤りを消化する術《すべ》があった。それは、他者にぶつけることだ。気に入らない誰かを苛めて蔑んで、それで自身のうっぷんを晴らしていた。

「我ながら、なんて最低なのかしら……」

今振り返ると、本当に哀れに思う。きっと皆の言う通り、私は誰にも愛されていなかった。クアトラ家の公爵令嬢でユリアン様の婚約者でなければ、きっと私は誰からも相手にされていなかったに違いない。上辺だけで、中身は空っぽ。私自身には、何もない。

以前なら絶対に、こんな風に自身を顧みることなんて出来なかった。一度失敗したからこそ、今ならやれることがきっとある。

「……そうよ。空っぽだというのなら、これから埋めていけばいいだけじゃない」

ぽろぽろと溢れる涙をぐいっと手で拭って、私は上を向く。後悔ならばもう、嫌というほどしてきた。今すべきは、子供のようにめそめそとべそをかいて暮らすことなんかじゃない。

「私は人の心に寄り添えるような、優しい令嬢になるのよ！」

人生を逆行してから、もう何十回目になるだろう。私はふんふんと鼻息を荒くしながら、天高く拳をまっすぐに突き上げた。

「まずは謝罪からね。今日のことをユリアン様に謝らなくっちゃ」

私は机から花の模様のついた便箋《びんせん》を取り出すと、ペンを持ち頭を揺らす。謝罪の手紙なんて、人生で一度も書いたことがない。

こんなことをしてもまた、さっきのように「心とは違う」なんて言われてしまうのかしら。

けれど、ユリアン様の仰《おっしゃ》ることは正しい。今の私は必死に言い聞かせてるだけだもの。良い子でいなくちゃって。その理由も自分が死にたくないから。

「簡単だと思ってたのに、なかなか上手くはいかないものね……」

ぽつりと呟いた瞬間、手が震えてインクが滲んでしまう。私は慌てて、新しい便箋に取り替えた。

そして翌日。思い立ったが吉日ということで、私は手紙を持ってユリアン様が住まう離宮へと足を運んだ。彼は私と婚約を交わしてからすぐ、本宮殿ではなく離宮で暮らし始めた。何でも王妃様の提案らしく、自立心を育てる為だとかなんだとか、お父様が言っていたような気がする。

早いうちから親の目の届かない所で好き放題できるなんて、最高の環境よね。

「すぐに馬車が到着致しますので、こちらでしばらくお待ちください」

宮殿の使用人が、こちらに向かって恭《うやうや》しく頭を下げた。同じ敷地内にあっても、ユリアン様の住まう屋敷は端っこにある。

リリと一緒に馬車を待つ間、私は青々と澄んだ空をただぼんやりと見つめていた。

「お前、クアトラ公爵の娘だろ」

その時不意に話しかけられ、私はそちらを向いた。

「マッテオ殿下」

一瞬頭を巡らせたけれど、彼の顔はもちろん知っている。私は慌てて膝を折り、第一王子であるマッテオ殿下にカーテシーで挨拶《あいさつ》をした。

「ふん。頭の悪そうな子供だな。流石、あのユリアンの婚約者なだけはある」

出会い頭《がしら》に暴言を吐かれ、つい眉間にシワを寄せてしまった。

「何だその顔は。まさかこの俺に向かって、刃向かう気じゃないだろうな」

マッテオ殿下は、澄んだ碧眼を不服そうに吊り上げる。顔立ちは王妃様に似て整っているけれど、ユリアン様よりも少しふっくらしている。この物言いといい態度といい、きっと自由気ままに食べたいものを食べたいだけ召し上がっているのね。

別に悪いことじゃないけれど、やっぱり私の好みとは違うわ。

「歯向かうなんて、そんなことは致しません」

「どうせ心の中では、俺を嘲《あざけ》っているくせに」

「まさか。私はただ」

「だからって媚《こ》びたりしないでくれよ。あんな出来損ないの婚約者と仲良くするなんて、冗談じゃないからな」

さっきから黙って聞いていれば、『あの』ユリアンとか、あんな『出来損ない』とか、弟相手に随分な言い草じゃない。こんなのが第一王子で、いずれ国王になるだなんて、この国は大丈夫なのかしら。

「マッテオ殿下。ご挨拶が遅れ大変申し訳ございません。既にご存知かとは思いますが、私はアリスティーナ・クアトラと申します」

流石の私も、第一王子に喧嘩《けんか》を売る勇気はない。だからって、このまま言われっぱなしでは我慢できない。

「私、ユリアン殿下の婚約者に選んでいただけて、それはもう毎日が夢のようなのです。あんなに素敵な方と生涯を共に出来るだなんて、考えただけでも喜びで発熱してしまいそうです」

にこりと品良く微笑みながら、殿下の瞳を真正面からじっと見つめる。

「マッテオ殿下と、ユリアン様。お二人がいらっしゃれば、この国の未来は明るいですわね」

「こっ、子供が何を偉そうに……っ」

あら、貴方だって確か私達と二つしか違わないじゃない。十分子供よ。

「ユリアン様って、決して嘘を吐かないのです。それに誰かの悪口を仰いません。私には真似できない、本当に素晴らしい長所だと思いませんこと？」

まあ、実際はどうか知らないけれど。

「……あんな、鈍色《にびいろ》の髪のヤツが素晴らしいものか。誰からも必要とされない、ストラティスの恥晒しだ」

マッテオ殿下はぶつぶつと呟きながら、しきりに自身の髪を撫でつけている。その金色が、よっぽど自慢なのね。

「金色も銀色も、どちらも素敵ではないですか。あの幻想的なお色の瞳、吸い込まれてしまいそうなほどに美しいですわ」

「止めろ！　これ以上俺の前でユリアンを褒めるな！」

怒りのせいか白い頬が真っ赤に染まり、眉は益々吊り上がる。流石にやりすぎたかしらと思って

いると、王家の従者がやんわりと私達の間に入ってきた。

「お待たせ致しました、クアトラ公爵令嬢。馬車の用意が整いました」

こういった場面は慣れっこだとでも言うように、淡々と私をマッテオ殿下から引き離す。

「……ちっ、覚えてろよ。生意気な子供め」

悪の端役のような台詞を吐き捨てながら、殿下は大勢の従者と共に去っていく。ユリアン様はクアトラ邸に来る時だって、たった数人の護衛しか連れていないというのに、随分な差だこと。

「何よ。金だの銀だの、別にどっちだって構わないじゃない。小さな男ね、まったく」

以前の私は、マッテオ殿下とこんな風に言い合いになることはなかった。それもそうだ、歯向かうなんて馬鹿なことはしないで、ただひたすらに擦り寄っていたのだから。第一王子に気に入られておけば、ユリアン様と結婚して王宮入りした時何かと有利だろう、と。

「……私も、同じようなものね」

ぽつりと呟いて、空を見上げる。それは先程と変わらない、からりとした青空のままだった。


「アリスティーナ」

「突然申し訳ありませんユリアン様。私どうしても、昨日の謝罪がしたかったのです」

にこりと笑う私とは対照的に、ユリアン様はいつも通りのポーカーフェイス。だけどちゃんと中に入れてくれたので、とりあえず怒ってはいないみたい。嫌味な第一王子の後だと、ユリアン様がいつもより優しく見えるから不思議だわ。

応接間に通された私の前に、色とりどりのお菓子が次々と置かれる。シンプルだけどセンスの良いティーカップとソーサーにも、思わず目を奪われた。いつものお茶の時間にしては、量も種類も多過ぎる。

「あのユリアン様、これは一体……」

「僕も、昨日のお詫びだよ」

「お詫び、ですか？　一体なぜ」

お詫びすべきは、王子殿下に不遜《ふそん》な態度を取った私であって、彼ではないのに。そもそもユリアン様は、決して私にこんなことをする人ではない。

「君を傷付けてしまったから」

ユリアン様のグレーの瞳が、僅かにゆらっと揺れる。私も動揺してしまって、一言お礼を口にするだけで精いっぱいだった。琥珀色の細い髪を指にくるくると巻きつけながら、ぼんやりと考える。

今までずっと、外見と身分以外にユリアン様に長所なんてないと思っていた。この私の婚約者になれたことに感謝して欲しいとすら、本気で思っていた。だけどそれは、大きな間違いだったのね。

私が今辛うじて良い子の真似事が出来ているのは、人生をやり直したから。あの最悪の結末を知っているからこそ、良くあろうと努力しているだけ。

哀しげな瞳で私を傷付けたと言いながら、お詫びにたくさんの甘いお菓子を振る舞うユリアン様。

彼は私のように、人生二周目でもないのに。

「アリスティーナ、黙ってるけどどうかした？　気に入るものがなかった？」

確かにこの人は、変わっている。無表情で腹の底が読めず、婚約者である私に優しくしなかった。だけどそれは、彼の心根まで悪い人間であるとの証明にはならない。

「そうね……そういうことなのよね……」

ポツリと呟くのは、十六歳の私。ユリアン様はただ単に、私のことが嫌いだっただけ。それを認めたくなくて、私は彼の中身を見下した。彼自身に欠陥があるから、私を認めないのだ。いずれきっと、私の価値に気付いて感謝するはずだと。

「ねぇ。本当にどうかした？」

グレーの瞳が、今度は心配そうに揺れる。こうして見るとやっぱり、彼はただ無表情というわけでもないようだ。以前の私に対して、特にそうだったということなのだろう。周囲の人間から見れば私は、実に滑稽に見えたでしょうね。嫌われていることを認められず、さも自分がユリアン様から選ばれた人間であるかのような態度で人を見下して。

「……別に何も。ただ、自分の愚かさを嘆いていただけです」

「は？」

ユリアン様は、訳が分からないといった様子で眉間にシワを寄せる。私は彼をジッと見つめ、独り言のようにぽつりと言葉を落とした。

「貴方は最初から、良い方だったのですね。私とは全然、違うわ」

あんな態度の兄を持ち、その兄を溺愛する母に冷遇されながらも、必死に自身の人生を生きている。私とは、根本から異なっていたのだ。アリスティーナ・クアトラは、由緒正しい公爵家に生まれた令嬢。それ以外に、価値はない。

「アリスティーナ？　君は一体何を」

「ユリアン様はユリアン様のままで、十分魅力的だってことです」

何かを話す気になれず、目の前に並んだ色とりどりのお菓子をただじっと見つめる。

その時、一人の従者がユリアン様に近づいた。耳元で何やら囁《ささや》いている。そういえばこの顔、さっき私とマッテオ殿下の間に入ってくれた従者だわ。そのおかげであまり大事にならずに済んだから、彼にも後でお礼を言わなくちゃいけないわね。

「アリスティーナ、君……」

ユリアン様の表情が、驚きに変わる。まるで信じられないものが目の前にあるかのように、思いきり目を見開いている。

「な、何ですか急に」

「僕のことを考えると、発熱しそうなの？　婚約出来たのが、夢みたいに嬉しいの？」

「な、ななな……っ、なぜそれを……っ」

今度は私が目をひん剥《む》く番だった。息の出来ない魚のように口をはくはくと開け、たちまち顔に熱が集中する。さ、さてはさっきの耳打ちは……！　ぐりんと従者の方を向くと、彼は素知らぬ顔でにこりと私に微笑んだ。

「悪口を言わない人格者で、嘘を吐かなくて、この髪と瞳が素敵で、四六時中考えずにはいられないほど、僕のことが好きだって」

「そっ、そこまでは言ってません！」

捏造《ねつぞう》も良いところだわ、まったく！

「顔が真っ赤だよ、まさか本当に発熱を」

「違います！　羞恥心《しゅうちしん》でこうなっているだけですから！」

ただ謝りに来ただけなのに、何故こんな辱《はずかし》めを受けなきゃいけないのよ。リリもユリアン様の従者達も、やたらとにこやかにこちらを見てくるし、居心地が悪いったらないわ。

「ありがとう、あの人に言い返してくれて」

「別に、お礼を言われるようなことはしていませんわ。あ、あれはその……売り言葉に買い言葉というやつです」

「それでも、嬉しかった」

微妙に表情が和《やわ》らいでいる気がする。何がそんなに嬉しいのか分からない。私はただ、あの第一王子が気に入らなかっただけなのだ。だって、実の弟のことをあんなに悪く言うなんてどうかしている。家族なら、愛し合って当然なのに。

「……」

私もマッテオ殿下と大して変わらないんだったわ。むしろ、もっと酷いかもしれない。家族仲が良かったのだって、所詮は公爵家という揺るぎない立場があったからこそだもの。純粋に、アリスティーナを愛してはいなかったんだわ。

ああ、駄目。また気持ちが落ち込んできた。

「どうしたの？」

「……別に何でもありませんわ」

「そんな顔は、君らしくないな」

ユリアン様は私の顔を覗き込み、無表情でそんなことを言う。

「私らしいって、何ですか？」

どうせ、性格が悪いってことでしょう？

「無敵なんだよ」

「えっ」

「僕にとって、君は無敵だ」

意味が分からない、そんなはずない。王族の貴方に比べれば、私なんて大したことはない。『無敵』だなんて適当で無責任な慰め、ちっとも嬉しくなんてないのに。

「ふ、ふん！　私が無敵で美しい完璧な令嬢だということくらい、言われずとも分かっていますわ！」

「そこまでは言ってないけどね」

ユリアン様からの言葉に、どうしてだか勇気が湧いてくる。もやもやした気持ちを、足で踏みつけたくなる。そうよ。弱気なんて私らしくないわ。こんなところで、挫《くじ》けている場合じゃないんだから。

「……ねぇ、アリスティーナ。僕は君の……」

「ユリアン様！」

何か言いかけた彼の言葉を遮って、私は両手で彼の手をギュッと握る。困惑している彼を無視して、ふんすふんすと息を巻いた。

「私、負けませんわ！　この教訓を胸に、これからは色んな人をお手本にして生きていこうと思います！」

「お、お手本？」

「ええ、そうです！」

少し癪だけれど、ユリアン様に励まされてしまった。彼にも良いところがあると分かったのだから、今後はお手本として吸収していかなければ。

「全ては私が、良い子になる為に！」

「君は良い子になりたいの？」

「そうですとも！　これは嘘偽りのない、本当の心の中ですからね！」

この間彼にそうされたように、私は人差し指で自身の胸を指さしてみせる。ユリアン様は一瞬ぽかんとした表情をした後、おかしそうにくすくすと笑った。

「まったく、君みたいな子とは出会ったことがないよ」

「それはお褒めの言葉ですか？」

「もちろん」

ユリアン様の満面の笑顔を見るのは、これで二度目かしら。普段は彫刻みたいに綺麗な顔をしていらっしゃるのに、笑うと子供みたいになるのね。いいえ、今の彼はみたいじゃなくて正真正銘の子供だったわ。

「僕は君のことを、もっと知りたい」

「えっ？」

「だからこれからもっとたくさん、仲良くしようね」

ユリアン様の手を握ったままの私の手の甲に、彼はチュッとキスを落とす。まるで石像のように固まってしまった私を見て、ユリアン様はイタズラっぽい笑みを浮かべた。

その後、彼と何をどんな風に話したのかほとんど覚えていない。ただ、ポケットの中に入れておいたはずの謝罪の手紙がなくなっていて、帰り際彼がそれにもキスを落としていた場面だけは、何故か覚えている。ユリアン様からのスキンシップに全く耐性のない私は、その日からしばらく頬の火照《ほて》りが取れなかった。


「リリ見て！　このハンカチ、とても上手に刺繍《ししゅう》できたでしょう？」

ある日のこと。私はドレスの裾をひらりと翻しながら、リリの腰元にどんっと飛びつく。彼女は少しよろめいたものの、しっかりと私を抱きとめた。

「ほら、特にこの花のところよ！」

「まぁお嬢様、とても素敵です。以前よりも随分お上手になりましたね」

温かい笑みを見せるリリを見て、私は得意げに胸を張る。

「ローラに教わったの。彼女とっても手先が器用なのよ。それに教え方も上手いの。歳の離れた妹が三人もいるんですって」

ローラとはウチに勤めるハウスメイドの一人で、いつだったか私は彼女にぶつかり洗濯物をばら撒いたことがある。あの時は、まだ十六歳のアリスティーナの性格が強かったから腹が立って仕方なかったけれど、今は違う。あの一件で彼女の顔を覚えた私は、見かければ話しかけるようになった。そしていつの間にか、すっかりローラに懐いてしまったというわけだ。

この私が使用人の顔を覚え、ましてや名前を呼び懐くなんて、以前ならありえないことだけど。

地位のない可哀想な存在だと見下していた彼女達は皆優しくて、私にはない知識を持っているから、話していて面白い。

人生やり直しから、あっという間に三年の月日が経った。八歳になった私は益々可愛さに磨きがかかり、そこに日々美しさもプラスされていて、見た目に関していえばまさに無敵。肝心の性格の方は、正直まだまだ良いとは言えないけれど。

だって、やっぱり環境が環境なんだもの。軽く指を鳴らして一言口にすれば、ほとんど全ての願いが叶う環境。加えてクアトラ家は代々王家に仕える由緒ある公爵家。お父様は処世術に長けているからあからさまに態度には出さないけれど、典型的な貴族至上主義が根底にある。お母様は特にそれが顕著《けんちょ》で、クアトラ家の子供達も自然と、その習わし通りに自分達こそが至高であるという考えの下で、すくすくと育っていくわけなのよね。別にそれが、悪いことだとは思ってない。私の場合は、やり過ぎだったたっていうだけだもの。

一度死んだ私は、そのおかげで自身を客観的に見ることが出来ている。もう一度同じ過ちを繰り返すほどの愚か者ではなかったことは、幸いだったわ。自分が悪かったと、ちゃんと認められているのだから、大きな大きな成長だ。

「このハンカチ、リリにプレゼントするわ」

「とても嬉しいです、アリスティーナお嬢様。ですがこれは、せっかくなら殿下に差し上げてはいかがですか?」

「……げぇ」

その名前が出た途端に、潰れたカエルみたいな声が出る。それを聞いたリリが、ぱちくりと瞬きをしてみせた。

「私苦手なのよ、ユリアン様」

私は唇を尖らせて、ぼそぼそとぼやく。三年経っても、ちっとも慣れない。

「いつもそう仰いますけれど、殿下はお嬢様にお優しいではないですか」

「優しいの？　あれが？　リリやローラ達の方がよっぽど優しいわ」

琥珀色の髪を指で弄《いじ》りながら言う私を見て、彼女はふわりと目を細める。

「お嬢様、覚えていらっしゃいますか？　五歳になったばかりのお嬢様はいつも、怖い怖いと泣いていらしたこと」

「もちろん覚えているわ。今だってたまに、貴女に泣きついて迷惑をかけているじゃない」

自身がコントロールできなくなった時、私の精神安定剤はリリだった。真夜中だろうが仕事中だろうが、彼女はいつも私を優先してくれた。

「お嬢様は、とってもまっすぐに育ってらっしゃいます。それに私は、お嬢様に頼られることが嬉しくてたまらないのですよ」

「リリ……」

「貴女だからこそ、私達は心から忠誠を尽くしたいと思うのです。周囲を優しいと感じるならばそれは、お嬢様のしていることが返ってきている証拠なのです」

彼女の温かい言葉が十六歳の私の胸に刺さり、思わず泣いてしまいそうになる。

八歳の私がそれをすると不自然だから、拳をギュッと握って涙を堪えた。あら？　そういえば私、いつまでも十六歳ではないのよね。

もしもあのまま生きていれば、十九歳になっているんだもの。だけど本来の人生は十六で幕を閉じたのだから、十九というのもおかしな話かしら。

なんだか頭がこんがらがってきたので、アリスティーナは八歳ということで結論づけることにした。

「それと同じように、殿下にもありのままのお嬢様で接すれば、きっと仲良くなれますよ」

「ありのままの、私」

以前はそれで死んでしまったのだけれど、まさかリリにそんなこと言えるはずもない。

「……そうね。このハンカチ、ユリアン様にプレゼントしてみようかしら」

「きっとお喜びになりますよ」

「あまり想像出来ないけどね」

リリの温かい手が私の頭を撫でて、私は気持ち良さにギュッと目を閉じる。

プライドの塊《かたまり》だった私が殿方に自らハンカチを渡すなんて、以前だったらあり得なかった。

まぁいいわ。リリの言う通り、いつまでも苦手じゃどうしようもないものね。いずれ婚約破棄をする流れとなっても、嫌われるよりも多少は好感を持たれていた方が、何かと便利よね。

そうと決まれば早速行動だと、私はハンカチを丁寧《ていねい》に畳んだ。それから、お暇な時にでもといった旨《むね》の手紙を綴《つづ》りユリアン様に送る。数日後、クアトラ家に届いたのは返事の文ではなく、彼の従者。私が彼の元へ行こうと思っていたのに、ユリアン様自ら屋敷へとやってくるらしい。

「何故なのかしら。本当に不思議だわ」

ホールにてユリアン様を待ちながら、八歳の私は物思いに耽《ふけ》る。カウチソファに座り足をぶらぶらさせ、無意識に体を揺らした。あんなに好かれようと頑張っていた頃には、見向きもされなかったのに。

ユリアン様に出会って三年、彼が私に会いにやって来た回数は、もう数え切れない。気に入られているのかどうかは正直分からないけれど、彼はなぜか私に会いに来る。目を見て会話もするし、微かではあるけれど時折笑顔も見られる。たった一度ではあるけれど手の甲に、キ、キスだってされた。以前ではあり得ないことが、今起こっている。

本音を言えば、ユリアン様から婚約解消という話を持ち出してくれないかしら、なんて思ったりもした。だけど彼は、そういうことに興味がないのよね。前の私と婚約していた時もそうだったのだろう。好き嫌い以前の問題で、あくまで家同士の結婚。重要なのは、両親に従うことだけだった。自分や相手の感情なんてどうだっていいのよね、あの方は。

「でも前よりずっとマシだし、ユリアン様といれば勉強になることも多いわ」

そう、私は学んだのだ。自分を変える為には、環境も大切であることを。他の人達の良いところを見習い、吸収していく力。以前のアリスティーナにはなかったものが、今の私にはある。だからきっと、大丈夫よ。

「頑張るのよアリスティーナ！」

「一体、何を頑張るの？」

大声で騒ぎながら天高く拳を突き上げたところで、背後から声を掛けられて私はひゃっと身を縮こませた。

「こんにちは」

「ユ、ユリアン様……ごきげんよう」

いつの間にいらしていたのかしら。あんな場面を見られてしまうなんて、いくら子供といえども流石に恥ずかしい。

「顔が赤いけど、どうかした？」

本日も、ユリアン様のご尊顔は大変麗《うるわ》しい。八歳になり、日毎《ごと》益々その美しさを増している。

「どうもしませんし、赤くもありません！」

「そうなんだ。てっきりアリスティーナは、さっきの豪快過ぎる独り言を聞かれて恥ずかしがっているのかと思ったのに」

「な……っ！」

そこまで分かっているのなら、どうしてわざわざ聞くのかしら！　本当に意地が悪いったら！

さらに顔を赤くさせわなわなと震えている私を見て、ユリアン様は楽しそうな表情を浮かべている。この人、やっぱり良い人なんかじゃないような気がするわ。

「ごめんね、からかうのはこのくらいにするから」

「知りません！」

ぷいっとそっぽを向く私を見て慌てるのは、クアトラ家の面々だ。子供とはいえ殿下にこんな態度を取るのだから、気が気ではないだろう。

「……ようこそいらっしゃいました。どうぞ、こちらに」

「あれ、知らないのではなかったの？」

「もう、意地悪は十分でしょう？」

最近こんな風にからかわれてばかりで、本当に心が乱れる。この私にこんな風に接してきた人なんて今まで一人もいなかったから、対応の仕方が分からない。本気で拒絶するわけにもいかないし。

「本当に面白い反応をするね、アリスティーナは」

「お褒めに預かり光栄ですわ、ユリアンで・ん・か！」

くるりと身を翻した私は、ユリアン様から表情が見えないのを良いことに、思いっきり舌を突きだす。

リリのアドバイス通りに手紙を送ったけれど、やっぱりやめておいた方がよかったかもしれないと、私は後悔しはじめていた。八歳のくせに優雅に脚を組み紅茶を嗜《たしな》む姿、以前ならほうっと感嘆の溜息を吐いていたことだろう。

温かな春の日差しが差し込むコンサバトリーにて、私達は優雅なアフタヌーンティーを楽しんでいる最中だ。

「ユリアン様。私、貴方にお渡ししたいものがあるのです」

早速、私は綺麗にラッピングされた刺繍入りのハンカチをテーブルの上に置く。ユリアン様の表情は変わらず、紅茶のカップに口をつけたまま視線だけをそれに向けた。

「これは何？」

「ハンカチです。最近刺繍の勉強をしていて、これは私が初めて成功したものなのです」

「どうして僕に？」

そう尋ねられて、私はこてんと首を傾げた。何故、と言われればそれはリリに言われたからに他ならないのだけれど。それをそのまま伝えても、きっと気分は良くないわよね。ううんと頭を捻った後、私はぱっと明るい表情をしてみせた。

「誰かに見て欲しかったのです。たくさん練習した、その成果を」

「それは僕じゃなくてもよかったんじゃない？」

「だってユリアン様は、嘘を吐かないから」

けろっと口にした、何のことはない言葉。それなのにユリアン様は何故か、感慨深げに目を細めた。

「君は前にも、そう言ってくれたことがあったよね」

「そうだったかしら?」

「しかも、あのマッテオ殿下に向かって」

そう言われれば、そんなこともあったような気がしなくもない。一年も前の些細な出来事を、よく覚えているものね。

「アリスティーナには、僕がそう見えているの?」

「だって、この私に対してお世辞を使わないのは、ユリアン様くらいですもの」

今の私のプライドは、以前に比べてまだ小高い丘くらいなので、ハンカチをプレゼントすることはなんとも思わない。どうせ今はまだ、婚約者なのだし。ユリアン様は包み紙からハンカチを取り出すと、ただじいっとそれを見つめる。そしてそっと、刺繍された黄色いミモザの花を指でなぞった。

「……君はいつも、本当にまっすぐだね」

「まぁ珍しい、ユリアン様が私を褒めてくださるなんて」

「別に褒めてないよ」

この……なんて捻《ひね》くれ者なのかしら。やっぱりハンカチなんて、あげるんじゃなかったわ。どうせこんな子供の作ったもの、王族が使うわけないいんだから。

隠すことなく頬をパンパンに膨らませながら、ぷいっとそっぽを向く。しばらく沈黙が続いたのでそーっと視線を彼に戻すと、さっきと寸分変わらぬ格好でハンカチを見つめていた。

「あ、あの、ユリアン様」

「何？」

こういうことは、得意じゃない。というよりも、やったことがない。私はいつも物事を上辺だけで判断していたし、それを悪いと思ったこともなかったから。人生やり直しから約三年経っても、染みついたものはなかなか取れないのだ。

「もしかして、何か落ち込んでいらっしゃいますか？」

また、だ。また彼は目をまん丸にして、ジッと私を見つめる。さっきから一体、何に驚いているというのかしら。子供の考えることはよく分からないわ。

「驚いたな。君って、そういう気遣いのできる人だったんだね」

「いいえ、できませんわ。私、相手に何かを察してもらおうとする人が大嫌いですもの」

すぐにしまったと思い、パッと手で口を隠す。ユリアン様は怒る様子もなく、それどころかふっと頬を緩めた。

「やっぱり君は、性格が悪いね」

「この機会に言わせてもらいますけれど、ユリアン様も負けず劣らず中々の捻くれ者でいらっしゃいますわ」

「僕は、君の前でだけだから」

ユリアン様はゆっくりと立ち上がると、私のすぐ傍まで足を進める。そして掌でそっと、私の琥珀色の髪を掬《すく》った。

「ねぇ、アリスティーナ」

「な、なんですか」

普段とは違う様子のユリアン様を前に、心臓がドクリと脈打つ。まさか八歳の子供の色香にあてられてしまうなんて、私は頭がおかしくなったのかしら。

「覚えてる？　君は僕にこうも言ってくれた。僕は僕のままで、十分魅力的だと」

……そんなことまで、言ったかしら。首をひねる私に、ユリアン様はなおも続ける。

「あの言葉も、凄く嬉しかった」

「どちらも小さなものです」

「僕にとっては大きなことだよ」

ユリアン様は、嬉しそうにふわりと微笑む。その瞬間、胸の奥のさらに深い場所がぎゅううっと締めつけられたような感覚に陥《おちい》った。

「……留学、することになったんだ」

一瞬で笑顔を消した彼は、抑揚《よくよう》のない声色で告げる。

「り、留学……ですか」

「まだこの歳だし、すぐにってわけじゃないけど。多分十歳を迎えたら、隣国に行くことになる」

「それはまさか、人質では」

「違うよ。友好国だし、むしろ信頼の証とでも言うのかな。国の王族を預けられるくらい、信頼しているって示したいんだと思う。まぁ、他にも色々事情はあるだろうけど」

まさか、この場でそんな話をされるなんて思っていなかった。ユリアン様が留学だなんて、以前には起こらなかった出来事だ。様々な感情が脳内を駆け巡り、動揺で手が震えそうになる。

「この話を聞いた時、僕は悔しくて堪らなかった。友好の為勉強の為と理由づけしたって、どうせ僕を遠ざけたいが為の方便に過ぎない」

「……どうして、そんなこと」

「簡単なことだよ。僕の髪や瞳の色が、金や碧じゃないからってだけの話。馬鹿馬鹿しいって思うけど、絶対王政のこの国で、王族のスキャンダルは命取り。見栄と体裁を何よりも重んじる、哀れな一族なんだ」

彼がこんな風に弱音を吐くのを、初めて見たかもしれない。ユリアン様がご家族をよそよそしい表現で呼ぶのも、自分だけ離宮住まいであることに文句を言わないのも、どこへ行くにも従者や護衛が少ないことも、全ては一つに繋がる。

——誰からも必要とされない、ストラティスの恥晒しだ。

いつかのマッテオ殿下の台詞が、今さら私の胸に突き刺さった。

「あ、あの私……」

考えれば簡単なことだったのに、私は彼の悩みに全く気が付かなかった。寄り添おうとせず、王族に生まれた幸せ者の勝ち組だと、本人に向かってそう言った。こんなの、昔も今も出入り禁止にされたっておかしくないのに。

「良いんだ、別に。君が僕に変に気を遣わないところも、気に入ってるから」

「私、自分の気持ちばかりでした」

「そんなこと分かってるよ」

……ちょっと、反省するのやめようかしら。苦虫を噛み潰したような表情の私を見て、ユリアン様は楽しそうに笑う。

「ごめんごめん。君はからかいがいがあるからさ」

「そんなことを言うのは、ユリアン様だけですわ」

内心べっと舌を出しながらも、いつも通りの彼に救われたのも事実だった。

「だけど不思議なんだ。アリスティーナが側に居ると、僕にも何か特別なことが出来る気がしてくる。自分を諦めたり、卑下《ひげ》したりすることが、馬鹿馬鹿しく思えてくるんだ」

「それは今度こそ褒め言葉ですか？」

「多分ね」

多分って何よ。結局、ユリアン様が何をおっしゃりたいのか、良く分からなくなってきたわ。

「この留学も、前向きに考えられるよ。もっと見聞を広めて、自身を高めてくる」

「はぁ。それは良いことですわね」

「本当は君と離れるのが寂しいなって思ってたんだけど、これを貰えたから何とか頑張れそうだし」

さらりと言われた台詞に、私の目はまん丸になる。あのユリアン様が、寂しいですって？

「ハンカチありがとう。ずっと大切にする」

ユリアン様はそう言って柔らかく目を細めると、流れるような動作で私の髪にチュッと口づけをした。

瞬間、顔面が噴火したように真っ赤になった私を見て、彼はとても楽しそうに口元を緩めたのだった。

第四章　悪い子に逆戻り……？

ユリアン様が隣国へ旅立ってから、もう二年が経とうとしている。

この私アリスティーナ・クアトラも、無事に十二歳を迎えた。

「ちょっと、この紅茶温《ぬる》いわ。どうしてこんな半端なものを私に出せるのかしら。子供だと思って馬鹿にしているのね」

ガチャン！　と大きな音を立てて、乱暴な動作でカップをソーサーに置く。テーブルの上に派手に紅茶が飛び散ったけれど、そんなもの私の知るところではないわ。

「もっ、申し訳ございません！　アリスティーナお嬢様。すぐに新しいものを」

「要らないわ。もう二度と、貴女の淹《い》れた紅茶なんて飲みたくない」

ふんと鼻を鳴らして腕を組む。あっちへ行けと顎で合図をすれば、そのメイドは顔面蒼白のまま深々と頭を垂れ、奥へと下がっていった。

「どうしたのアリスティーナ。朝から騒がしいわね」

「お母様」

颯爽と食堂へ現れたお母様は、今日もとても素敵だった。私と同じ琥珀色の長い髪を丁寧に巻き、フリルをたっぷりあしらったドレスを優雅に揺らしている。

「紅茶がね、温かったのよ。だから貴女の顔はもう見たくないと、そのメイドを食堂から追い出したの」

「まぁ、そんなことが」

腰に手を当ててぷりぷりと怒る私を、お母様は慈悲深い眼差しで見つめた。

「朝から嫌な思いをしたわね。可哀想な私の娘」

「そうでしょう？　本当に最低な気分よ」

「心配しないで。そのメイドはちゃんと解雇しておくから」

ノア兄様が寄宿制の王立学園へ行ってしまってからは、お母様もお父様もこれまで以上に私を可愛がるようになった。べたべたに甘やかされ、褒めそやされ、使用人や爵位が下の者を見下すような教育のもと、いつの間にかその環境に慣れてしまった私。気が付けばすっかり、傍若無人《ぼうじゃくぶじん》な我儘アリスティーナへと逆戻りしてしまった。

朝の優雅な時間に水をさされた私は不機嫌全開のまま部屋に戻ると、乱暴にドアを閉める。アンティークチェアに腰掛けふうっと溜息を吐くと、段々気持ちが落ち着いてきた。

「またやってしまったのね。私ったら……」

琥珀色の艶やかな髪をくるくると指に巻きつけながら、目の端ににじんわりと溜まる涙を拭いもしない。いけないと分かっているのに、かっとなると感情が抑えられない。やってしまった後にこうして後悔したって、何の意味もないのに。

「リリ……貴女が恋しくて堪らないわ……」

私のストッパー兼良心だったリリは、ユリアン様が居なくなってすぐ、私の前から姿を消した。時を遡る前から、リリだけは私に根気よく説教をしてくれていた。以前の私はそれがどうしても気に食わず、自らの手で彼女を解雇した。今回の私にはその意思が全くなかったのに、使用人達と親しくする私を見かねたお母様が、それをリリのせいだと決めつけ勝手に解雇してしまった。

初めのうちは毎日毎日泣き暮らして、リリの居ない寂しさを周囲に当たり散らして。

彼女がいないことに慣れてからは、転落するまであっという間だった。楽な方に流されてしまった私は、救いようのない愚か者。分かっていたのに、どうしても止められなかった。

ユリアン様が留学してからは、ただでさえ気分が落ち込んでいたのに。まさかリリまで、私の側を離れてしまうなんて。

リリはともかく、彼が居なくなったらさぞかしほっとするだろうと思っていたけれど、気が付けばいつも頭の中にあのポーカーフェイスが浮かんでくる。定期的に届く手紙も何とか取り繕って当たり障りのない返信をするだけで精いっぱいだった。

「どうしましょう……あの最悪な未来まで、もう四年もないっていうのに」

膝を抱えてめそめそぶつぶつ、ありったけの髪の毛を指に巻きつけたせいで、不恰好にくるくるになってしまった。こんなはずじゃなかったのに、これも全部お母様が悪いわ。リリを勝手に解雇しちゃうなんて、本当に酷い親だわ。

今の私はもう、ナチュラルに誰かのせいにすることに慣れきっていた。悪役令嬢アリスティーナ・クアトラは、夜になればその行いを悔い、そしていつか来る未来に怯えすすり泣く。今の精神状態は、本当にぼろぼろだった。

「アリスティーナ、今夜はとても大切な日だと分かっているわよね？」

「ええと……何でしたっけ」

「まぁ、何を言っているの！　貴女の婚約者、ユリアン殿下の帰国を祝う舞踏会が催される日でしょう！」

そういえば、そうだった。今の私にとって、ユリアン様の婚約者として初めての公式な舞踏会。お母様は随分前から何十着ものドレスを仕立てさせていたっけ。私とお母様の分を合わせると、かなりの数だったわ。

「さぁ、今から体をぴかぴかに磨くのよ。髪も丁寧に結ってお化粧もして、香水もつけましょうね」

「……今日、行かなきゃ駄目かしら」

ぽつりと呟いた私の言葉を聞き逃さなかったお母様が、元から大きな瞳を更に見開く。

「どうしたの、アリスティーナらしくないわ。さっき不快な思いをしたせい？　あのメイド、解雇するだけでは足りないかしら」

「ち、違うわお母様！　やっとユリアン様に会えると思うと、緊張してしまってつい」

慌てて胸の前で手を振る。私が良い子でいるうちに、あのメイドにちゃんと謝れるといいんだけれど。多分、無理ね。お母様は私の苦しい言い訳に納得した様子で、そのしなやかな指で私の頬をくすぐる。

「可愛いアリスティーナ。ユリアン殿下もきっと、貴女に会えることを心待ちにしていらっしゃるわ。あんなにこまめに便りをくださっていたのだから」

「……そうですわね」

自分のことに精いっぱいで、舞踏会のことなんて頭から抜け落ちていた。朝から性格の悪さ全開でメイドを解雇してしまったっていうのに、正直言って舞踏会なんて憂鬱でしかないわ。

「貴女はこのクアトラ家の完璧な華よ。誰よりも美しく、気高く、高い場所から他の令嬢達を見下してやりなさい。それに本来ならば、ユリアン殿下に貴女は勿体《もったい》ないくらいなのだから、それをあの方にも理解してもらわなければ」

お母様はうっとりと私を見つめた後、手を叩きながら厳しい声を上げた。

「ミラ。アリスティーナの支度は任せたわよ。完璧に仕上げてちょうだい」

「かしこまりました」

エプロンドレスを持ち上げながら、うやうやしく返事をするのは、私の侍女であるミラ。リリの代わりにやってきた彼女は大変従順で、私の言うことにはなんだって従う。リリとは大違いなんだけれど、我儘な私にとっては都合の良い侍女だ。

「お嬢様。どうぞお部屋へ」

「分かったわ。だけどすぐには来ないで、少しの間だけでいいから一人にして欲しいの」

「承知いたしました」

ミラは無機質な表情のまま答えると、さっと後ろに控える。はぁぁぁ、と盛大な溜息を吐いて、私は自室への階段をのろのろと上った。

「ユリアン様が、帰ってくる……」

自室に戻った私は一人、彼の名前をぽつりと呟く。この二年の間、なぜかふとした瞬間にユリアン様の顔がちらついては、ふるふると首を振ってその幻影を無理やり消していた。

彼を恋しく思っていたなんて、そんなことありえない。ただ、以前とは関係性が変わっているから、いわば友人に会えない寂しさのようなものだ。私達はいずれ婚約を解消し、何の関係もなくなるのだから。

「それにしても、リリが居ない状態で大丈夫なのかしら……」

舞踏会なんて本当なら心躍る一大イベントなのに、今の私には断罪へのファーストステージに思えるわ。そう考えた瞬間、牢獄のあのひやりと冷たい床の感触を思い出し、私はぶるりと背筋を震わせた。

駄目よ、絶対に駄目。そんなことにならないようにしなくちゃ、もっと頑張るのよアリスティーナ。ふかふかの絨毯《じゅうたん》を踏みしめながら、何度も何度も自分に言い聞かせる。けれどその数時間後には、私は数十着のドレスを前にあでもないこうでもないと、難癖をつけて怒鳴り散らしていたのだった。

思えば、こうして本宮殿の中に足を踏み入れたのは、時間が巻き戻ってから初めてかもしれない。王妃様が数えきれないほど所有している別邸やユリアン様の住まう離宮ももちろん豪華だけれど、やっぱり宮殿の絢爛《けんらん》さは別格だった。

「緊張しているのね。大丈夫よ、アリスティーナもすぐに慣れるから。ねぇ？」

「ええ。私達もそうだったもの」

これでもかと派手に着飾ったお母様の隣には、これもまた負けず劣らずゴテゴテとしたドレスを身に纏っている、お母様の妹であるターラ叔母様。彼女は、今日の私の付き添い人としてこの場所にいる。

「アリスティーナは、今日も驚くほどに美しく可愛いな」

「久し振りに会うと本当に、アリスの素晴らしさがよく分かるよね」

「学園の女達とは比べ物にならない」

普段は家にいない三人のお兄様達も、正装である燕尾服《えんびふく》に身を包み、キラキラと輝く宝石でできた飾りボタンを幾つもつけている。三者三様のオーラを放ち、周囲の令嬢達の視線を欲しいままにしていた。

美形と謳《うた》われるクアトラ公爵家の面々が並ぶと、身内から見ても圧巻だ。もちろん私も、その中の一人。燃えるような赤いドレスは、腰元から下までビッシリとレースに覆われている。幾重にもドレープが重なったリボンが胸元にもあしらわれ、琥珀色の細い髪は見事にくるくると縦ロールに巻かれている。自信の表れが表情に滲み出るのを、私は隠そうともしなかった。

「国王陛下、並びに王妃陛下の御成でございます」

国でも知らない者はいないほどに名の通った楽団の演奏とファンファーレに祝福され、国王陛下と王妃陛下が姿を現した。彼らは何やら長々と挨拶をした後、ユリアン様の名前を声高々に呼んだ。

「我が息子ユリアンは実に聡明であり、国内に留まらず他国でも存分にその才能を開花させた、我が国の誇り高き……」

国王陛下が意気揚々とユリアン様を紹介しているのに、当の本人はまるで普通。自分のことではないかのように、グレーの瞳をただ真っ直ぐに前へと向けている。どう見ても、渋々そこに立っている風だった。

二年経っても、あのふてぶてしさは変わっていないのね。むしろ拍車がかかっているように見えるわ。旅立つ前に、彼はこの留学は体《てい》の良い厄介《やっかい》払いだ、というようなことを言っていたけれど、帰国をこんなに盛大に祝ってもらえるなんて、幸せ者よね。

そんな彼から、私はすぐに視線を逸らす。髪の毛が乱れていないか、化粧が崩れていないか、それればかりが気になって、しきりに髪や顔を触っていた。

「本当に可愛らしい」

「将来は国一番の美女だ」

「王子殿下の妃となるに相応しい」

王族に諸々《もろもろ》の挨拶を済ませると、今度はお母様や叔母様に連れ回される。行く先々で褒めそやされた私はすっかり気分を良くし、謙遜《けんそん》することもなく笑いながら頷いてみせた。

「アリスティーナ」

後ろから名前を呼ばれ振り向くと、そこにはユリアン様が立っていた。白を基調とした王族らしい正装は、彼の人離れした美しさに一層拍車をかけている。銀の刺繍がこれほど似合う男性は、そうはいないだろう。成長した彼は子供っぽさが抜け、目元が少しシャープになった気がする。さらさらの髪は綺麗に整えられ、その端正な顔を惜しげもなく見せつけていた。

「ユリアン様」

「あちらで、少し話せないか」

「ええもちろん、喜んで」

公爵令嬢らしく、にこりと完璧な笑みを浮かべたはずなのに、何故かユリアン様の眉間にグッとシワが寄る。けれど彼はそれ以上何も言わず、ついてこいと言わんばかりにくるりと身を翻した。

「どうして外なのですか?」

「あそこだと落ち着かないから」

ユリアン様は、私をバルコニーに連れ出した。今夜はあまり星が出ておらず、春だというのに少し肌寒い。この真っ赤なドレスはシャンデリアの下でこそ輝くのにと、私は不満だった。

「ねぇ、アリスティーナ」

「何でしょう、ユリアン様」

「君、少し雰囲気が変わったね」

そう言われ、私は得意げに小さく鼻を鳴らす。それはそうだわ。私は成長と共に、益々美しくなっているのだから。

「ユリアン様も、この二年でとても素敵になられましたわ。いえ。以前から輝いていらっしゃいましたけれど、それがさらに磨かれて」

「そういう言い方はやめてくれないか」

ペラペラと彼を褒め称えていると、突然ぴしゃりと冷たく遮られる。

「今の君は、そこらの令嬢と何ら変わりがない。面白味のかけらも感じられない」

「な、何ですって……?」

「手紙では、そんな感じはしなかったのに」

わざわざ外に連れてこられたと思ったらいきなり侮辱されて、私の顔は着ているドレスのように赤く染まる。それでもぐっと本音を隠し、首を傾げて笑ってみせた。

「一体どうなされたのですか？　私は、ユリアン様のご帰国を今か今かと心待ちにしておりましたのに」

「……はぁ」

何よ。今、この私に溜息を吐いたの？　いくら王子だからって、女性に対して失礼過ぎないかしら。

「君は昔から性格が悪かったけど、僕はそんなところも嫌いじゃなかった」

「ユ、ユリアン様」

「でも今の君には、価値を見出せない。僕が会いたくて会いたくて堪らなかった、アリスティーナとは全くの別人だ」

ちらりと向けられた、侮蔑の眼差し。私はこの瞳の色を、とても良く知っていた。ぽたりと、ドレスに涙が溢れる。一度流れてしまえば、それは堰《せき》を切ったように止まらなくなった。

「私、今度はちゃんと良い子になりたかったのに……」

綺麗な赤いドレスが、涙で薄汚れた深紅色に染まる。せっかく施したお化粧も、きっとぐちゃぐちゃになってしまっただろう。なんて酷い人なの。どうしてこんなことを言われなくちゃいけないの。酷いわ、酷い。ユリアン様なんて、こちらから願い下げよ。二年間、私がどんな思いで過ごしてきたかも知らないで。

「リリ、どうしていなくなってしまったの……？　貴女がいないと、私は……」

頭の中に、様々な感情が浮かんでは消えていく。一つの体に二人の私がいるようで、心がばらばらに砕けて飛び散りそうだった。

良い子でいたい、誰も傷つけたくない、自分だって傷つきたくない。だけど、抵抗できなかった。私は、クアトラ公爵家の娘という肩書きがなければ生きてはいけない。どれだけ甘やかされていようとも、思い通りにならないことはいくらでもある。それにもしかすると私は心のどこかで、リリを疎《うと》んでいたのかもしれない。

人に優しく、誇り高く、思いやりをもってほしいなんて、そんなことは馬鹿馬鹿しいと思っていたのかもしれない。だから結局、母に抵抗できないまま。楽な方に流されてしまった、駄目な子。

「……ごめん。言い過ぎた」

ユリアン様は静かにそう言って、ハンカチを差し出す。ふいっと顔を逸らして、私はそれを拒否した。

「そんなに私がお嫌なら、どうぞ婚約を解消してください。何の関係性もない赤の他人に戻りましょう」

これは良い機会なのかもしれない。ただ少し、時期が早まっただけのこと。悲しむ必要なんて、どこにもないのよ。

「待って、アリスティーナ」

「もう、疲れたわ」

夜毎に枕を濡らし、訪れる未来に震えることも。好き放題に振る舞った後、罪悪感に胸を抉《えぐ》られることも。どんなに可愛がられても寂しくて、誰かに抱きしめてほしいと願うことも。もう全部、疲れてしまった。

このままユリアン様の婚約者として月日が経ち、以前と同じくチャイ王女がこの国にやってきたなら、私はきっとまた彼女に辛く当たるだろう。今の私では、どうせ未来なんて変えられやしない。

それならばいっそ女子修道院に入り、神に祈りを捧げながら慎ましやかに生きていきたい。極力部屋から出ず、誰とも関わらず、ひっそりと過ごそう。一人には変わりないけれど、断罪されてしまうよりはずっとましだ。

「ユリアン様のおっしゃる通りですわ。私、すっかり悪い子になってしまったのです。ですからどうかもう、私のことは放っておいてください」

「お願いだから、もう一度話を」

「さようなら、ユリアン様」

たくさん流した涙が乾いて、顔が引きつる。だけど今はそんなこと、もうどうだっていい。私は結局、与えられたチャンスを生かせなかった。環境のせい家族のせい周囲のせいと、いつも誰かのせいにしていたけれど。結局は私自身が、どうしようもない愚か者だったというだけのことよ。

ユリアン様の制止を振り切り、私はその場から駆け出した。

お母様や叔母様は、私の酷い有様を見て悲鳴を上げたし、悪い意味で注目を浴びているのが分かったけれど、取り繕う気になれなかった。この場に居られるはずもなく、お母様達よりも先に馬車に乗り込む。直前、息を切らしながら追いかけてきたユリアン様と視線が絡んだけれど、私はその糸をぷつりと切った。

皮肉にも、彼の酷い言葉が私を正気に戻すきっかけになってしまった。だからって、感謝なんて絶対にしない。

慌てふためく御者を怒鳴りつけ、強引に走り出させる。

誰の声も聞きたくなくて、私は両手で強く耳を押さえた。

「アリスティーナお嬢様。何か召し上がりませんと、お体に障ります」

「食べたくないの、下げてちょうだい」

かちゃんと、食器の音がする。ミラは私の言うことを忠実に聞くから、食べたくないと言えばそれ以上無理強いはしない。

「奥様も大変心を痛めていらっしゃいます」

無機質な声でそう言われても、ちっとも心に響かない。それにお母様は一度二度、扉越しに様子を見にやってきただけ。普段は子供部屋のあるこの階に、近づこうともしない。

お母様が愛しているのは、完璧な公爵令嬢である私なのだから。きっとこのままだと、見捨てられる日も遠くないかもしれない。

「リリなら……」

ベッドに体を沈め、からからに乾いた唇を微かに動かす。

私を育ててくれたのは間違いなく、お母様ではなくリリだ。それなのに以前の私は、どうして彼女を解雇するだなんて酷い仕打ちが出来たのだろう。彼女が居てくれなければ、良い子になんてなれない。

我儘に流されるアリスティーナと、そうなりたくないともがくアリスティーナ。

辛くて苦しくて、涙もとっくに枯れ果ててしまった。

もう何日、こうして部屋に閉じこもっているのか、日を数えるのさえ億劫《おっくう》になっていた頃。静かな部屋に、こんこんとノックの音が響いた。

どうせまたミラだろうと思い返事をしなかったけれど、聞こえてきた声の主《ぬし》は意外な人物だった。

「アリスティーナ、久しぶり」

抑揚のない、澄んだ声色。すぐにユリアン様だと分かった。あの最低最悪の舞踏会の日以来、ユリアン様とは顔を合わせていない。彼からの音沙汰もなかったし、てっきり呆れて見捨てられたのだと思っていた。

「このドア、開けてくれない？」

それなのに何故か今、私に会いに来ている。

「……嫌です。どうぞお帰りになって」

「今日はどうしても、君に見せたいものがあるんだ。僕の屋敷に来てほしい」

「この間は、あんなことを言ったくせに」

聞こえないように恨み言を呟いたのに、ユリアン様は地獄耳の持ち主だったようだ。くすくす笑っているから、ちょっと気味が悪いわ。

「この間は僕が悪かった。君に会えるのを本当に楽しみにしていたのに、あんな悪趣味な格好をして媚《こび》を売ってくるから、少し意地悪を言いたくなってしまったんだ」

「それは、謝罪のつもりなの……？」

相変わらず、失礼な人だわ。

「この間君が言っていた、婚約解消のことだけど」

『婚約解消』という単語に、心臓がぞわぞわと反応する。ユリアン様なんてどうでもいいはずなのに、どうしてこんな気持ちにならなくちゃいけないのかしら。

「その話し合いをする為にも、来てくれないかな。お願い、アリスティーナ」

「……狡《ずる》い人だわ、貴方って」

こんな時ばかり、可愛らしい小鳥のさえずりを真似たような声を出すなんて。この気持ちは、以前手や髪に口づけられた時と似ている。ほんの少しでも彼に甘くされると、私は途端にどうしていいのか分からなくなるのよ。この人はきっと、それを分かってやっているんだわ。

「本当に、今日だけで良いのですか？」

「うん」

「……分かりました」

のそりと起き上がり適当な靴を履くと、ゆっくりと部屋の扉を開ける。私の酷い有様に驚いたのか、ユリアン様は一瞬目を丸くした。

「このような格好ですので、支度に時間がかかります」

「きちんとしなくてもいいよ。僕は下で待ってるから」

グレーの澄んだ瞳に映る姿は、なんと醜いのだろう。彼もきっと心の中では、私を蔑んでいるはずだ。だけどもう、どうだっていいわ。美しくあろうとなかろうと、最期はあんなに無様なんだから。

ミラを呼び簡単な支度を済ませると、私はユリアン様の用意した馬車に乗り込む。終始じっと彼がこちらを見つめているのに気が付いていたけれど、私はただの一度も視線を向けることはしなかった。


二年ぶりに訪れたユリアン様の離宮は、相変わらず物静かな場所だった。この間のパーティーはあんなにも煌《きら》びやかだったのに、同じ敷地内とは思えない。使用人達の数も、以前よりさらに減ったのではと思ってしまうほどだ。

ここに来るのも今日が最後か……と思いながら、案内された部屋へと足を踏み入れた。するとそこには、何度夢に見たか分からない私の想い人が、嬉しそうな表情でこちらを見つめていた。

「アリスティーナお嬢様！」

「嘘、でしょう？　こんなことって……ああ、神様……っ！」

瞳を潤ませながら、目の前の人物の腕の中に飛び込む。彼女は私をしっかりと抱き留めながら、同じように頬を涙で濡らしていた。まさか、もう一度会えるなんて。

「リリ……私、貴女に会いたくて会いたくて……っ」

彼女の胸元に頬擦りすれば、少しくすぐったそうに身をよじられる。穏やかな温もりと優しい匂いに包まれて、私はうっとりと目を閉じた。

「私もお嬢様にお会いできて、本当に本当に嬉しいです」

「ごめんなさい、リリ。貴女を解雇なんてしたくなかったのに」

「謝らないでください。事情は分かっていますから」

リリは昔とちっとも変わっていなかった。少しふっくらしていて柔らかくて、優しい眼差しのリリのまま。

「だけどどうして、ユリアン様のお屋敷にいるの？」

抱きついたまま見上げると、彼女はふわっと笑う。

「ユリアン殿下の計らいです」

「ユリアン様の？」

「お嬢様が私に会いたがっていると、連絡をくださったのです」

まさか、そんなことってある？　驚愕《きょうがく》の表情で彼に視線を向けても、当の本人はどこ吹く風。

呑気に鼻歌でも歌い出しそうなその顔を見て、私は思いっきりしかめっ面をした。

「ユリアン殿下はとてもお優しい方ですね。お嬢様の為にわざわざ私を探してくださって、その上こちらで侍女として雇ってくださるというのですから」

「そんなの絶対に嘘だわ」

「嘘ではありませんよ、お嬢様」

だってこの間は、散々私を扱《こ》きおろしたもの。帰国早々、私の為にそんなことをするなんてとても信じられない。

「ユリアン様。リリの言っていることは本当なのですか？」

リリの腕から離れ、ユリアン様に数歩近づく。

「本当だよ。彼女をここで雇えば、君はこれから好きな時に会えるじゃないか」

「何故ですか？　私には価値は見出せないと、そうおっしゃったではありませんか」

「だからあれはもう謝ったでしょう？」

謝ればなかったことになると思ってるのかしら、まったく。留学へ行く前は私の言葉が嬉しかっただのなんだの、そして帰ってくればがっかりだのなんだの、ユリアン様って本当に理解不能だわ。

だけど今回のことだけは、いくら感謝してもし足りない。

「ユリアン様」

私はそっと彼に手を伸ばし、その滑らかな指先を優しく握る。

「本当に嬉しいです。私の為に、ありがとうございます」

目尻に涙を溜めたまま、心の底から微笑んだ。ユリアン様にどんな思惑があろうと、彼のおかげで再びリリに会うことができた事実は揺らがない。

私を育ててくれた、大好きな大好きなリリ。突然の解雇だったから、お別れすら言えなかった。

だけどこれからは、またいつでも会えるのよね。だってユリアン様がリリをここで雇ってくださると……。

「あ」

感動も束の間、勝手にぽかんと口が開く。そういえばここには、婚約解消の話し合いに来たんだったわ。せっかくリリに再会できたのに、彼の婚約者じゃなくなったら、私はもうここへは来られない。

「あのう、ユリアン様……」

「心配しなくても、僕は君と婚約解消する気はないよ」

「そ、そうですか」

あからさまにほっとしてしまったけれど、よくよく考えたら婚約解消の流れの方が良かったような気がする。だけどリリに会う為には、ユリアン様との繋がりは必須。それに今の私は、リリに会えた喜びで他のことはまともに考えられない。とりあえず、現状維持という方向でいくしかなさそうだわ。

「やっぱり君は、僕が思うアリスティーナのままだった」

薄い微笑みと共に発せられた彼のその言葉の真意も、深く考えないことにした。

こうして、ユリアン様の計らいのお陰で、私は少しずつ元の日常を取り戻していった。もちろん、リリとまた交流を再開したことは家族には言えない。

「アリスティーナが元気になって、本当に良かったわ。やっぱり貴女は、私の完璧な華よ」

にこにこと嬉しそうなお母様を見て、内心複雑な思いを抱えながら、私は笑顔の裏にそれを隠したのだった。

「ユリアン様。今日の紅茶は私が淹れました」

「へぇ、それは楽しみだね」

本当は毎日でもこのお屋敷に通いたいけれど、流石にそれは無理だ。五日に一度ここに来られることが、今の私の生きる糧となっている。ちなみに、現在の私の侍女であるミラは屋敷でお留守番。適当な理由をつけて、信頼出来る古参の侍女に同行してもらっている。ミラが悪いわけじゃないけれど、お母様には知られたくないから。

「リリにしっかり教わったから、きっと美味しいはずですわ」

この一件で私は、自分でも驚くほどユリアン様に心を許すようになった。私が呟いたたった一言で、ここまで調べて動いてくれたことが、純粋に嬉しかったのだ。そして彼も、あの舞踏会の夜が嘘のように私に好意的だ。憎まれ口というか、要所要所でちくちくと嫌味な冗談を挟んでくるけれど、それはもうユリアン様の性分なのかもしれない。時折じっと私の顔を見つめては、目が合うと嬉しそうに頬を緩める。その度にどうしたら良いのか分からなくて、俯いてしまうのだけれど。

「……本当に、話し方まで昔とは大違いだわ」

「えっ？　何が大違い？」

「いいえ、何でも」

にこりと笑って誤魔化すと、茶葉をじっくりと蒸らしておいたティーポットを手に取った。味の濃さが均一になるよう、茶漉《こ》しを使ってポットの中の茶殻を全て濾し、別のポットに移し替えた。そしてゆっくりと、ティーカップに注いでいく。濃い黄金色の液体がゆらゆらと揺れながら、真っ白なカップを覆っていった。

「それにしても君は、本当にリリのことが好きだよね」

例に漏れずこちらをじいっと見つめながら、ユリアン様が口にする。

「当たり前ですわ。だって彼女は私の……」

そこで、はたと思考が止まる。私は忘れていたのだ、今の今まで。まるで母親のように思っていたリリにもう一度会えたことを、心の底から喜んだ。その中には、今まで考えていたような他意は一切存在しなかった。彼女が私の暴走を止めてくれるから、だから傍にいてほしい。でなければ、断罪ルートまっしぐらだから。ずっとそう思っていたはずなのに、その考えは頭からすっぽりと抜けていた。

「そうだわ、私……」

「アリス！　紅茶が！」

「あ……っ、ああ！　大変だわ！」

ぼうっとしながら注いでいたせいでカップから紅茶が溢れ、銀の刺繍が施された白いテーブルクロスが、悲惨な状態になってしまった。

「ご、ごめんなさい私……っ」

「大丈夫だから、メイドに任せて。火傷《やけど》したら大変だ」

おろおろと焦る私に、ユリアン様が諭すようにそう言う。特段怒っている風でも、呆れている風でもなかった。

「せっかくのアフタヌーンティーを台無しにしてしまって、申し訳ありませんユリアン様」

「このくらい片付ければ平気だよ」

「ですが……」

しょんぼりと俯く私の顔を、ユリアン様が覗き込む。

「それより顔が赤いみたいだけど大丈夫？　もしかして火傷したの？」

「い、いえ、これは……」

予想外の部分を指摘されて、びくりと肩が震えた。

「ユ、ユリアン様が、アリスとお呼びになったから……」

恥ずかしさからぼそぼそと呟く私を見て、ユリアン様は目を丸くする。そして次の瞬間、とても嬉しそうに破顔《はがん》してみせた。

「たったそれだけで、そんなにも真っ赤になってしまったんだね」

「いっ、いけませんか！　家族ですらあまりアリスとは呼ばないから、単に慣れていないだけです！」

ぷいっとそっぽを向いても、彼が楽しげに喉を鳴らしているのが聞こえてくるから、なかなか顔の熱が引いてくれない。

「アリス」

「あ、あの」

私は顔の熱を冷ますことで精いっぱいで、なにか言おうにも言葉にならない。

「アリス」

ユリアン様はそれを良いことに、何度も私の名前を呼ぶ。言い表せないむず痒《がゆ》さというか、居《い》たたまれないこの雰囲気に終始呑まれっぱなしで、呼ばれるたびに反応してしまう自分が嫌だ。

おかしい、ユリアン様はこんな方じゃない。もっと寡黙でミステリアスで、歯に絹着せぬ物言いをする、意思を持たぬ人形がただ動いているだけのような方のはず。

学園に入ってからは特にそれが顕著で、私のことなんてかけらの興味もないくせに、王妃様に逆らえず婚約を続行していた。あの頃の私は、まんまとそれを利用していたのだけれど。

「愛称を呼ばれたくらいでそんな可愛い反応をするなんて、アリスはずるいな。もっと見たくなっちゃうよ」

「……誰なのよ、本当に！」

「えっ、何？」

そんなきょとんとした無垢な瞳で見つめても、騙されはしないんだから。という固い意思表示の為、私は唇を真一文字《もんじ》に結ぶ。けれどさっきからやたらと耳元で名前を呼ばれるせいで、顔どころか体中真っ赤になっていた。

可愛いだなんて、絶対思っていないくせに！　どうせ私の反応を見て、からかって楽しんでいるだけなんだわ！　そう分かっているのに、勝手に口角が上がってしまうのを、本当に誰かどうにかして欲しい。

このやり取り以降、彼は私のことを『アリス』と呼ぶようになった。以前の人生では、こんなことはあり得なかったのに。


「今日は何して遊ぶ？　君に会えるこの日を、心待ちにしていたんだ」

――君に割《さ》く時間は、私には残されていない。

ガーデンテラスに置いてあるチェアに腰掛け手で頬を押さえながら、私は不思議な気持ちで目の前のユリアン様を見つめる。以前と態度も言動も、口調ですら違うけれど、この方は紛れもなく我が国の第二王子、ユリアン・ダ・ストラティス殿下。同じ人間なのに、どうしてこうも変わってしまったのか。

それはやっぱり、私が変わったから？　私が自身を変えれば、自然と周囲も変わっていくのだろうか。もしそうなら、二度目の人生が必ずしも一度目の人生をなぞるわけではないのなら、まだ希望はある。

琥珀色の瞳でじいっとユリアン様を見つめれば、嬉しそうな雰囲気でお喋りしていた彼が吸い込まれたように、動きを止める。初夏の青々とした緑に囲まれ、私達はただ見つめ合った。

「ユリアン様」

「うん」

「私、貴方に助けていただいたことを生涯忘れませんわ」

以前ならば、こんな風に素直に誰かに感謝することなんてあり得なかったけれど。今は溢れることの気持ちを伝えたくて仕方ない。私達は将来離れてしまうのだから、今なおさらに。ふわりと微笑めば、ユリアン様の白い頬がほんのり紅く染まった。

「ど、どうしたの。急に素直になって」

「言いたくなってしまったのです。想いは口にしなければ伝わりませんから」

珍しくユリアン様が慌てている姿を見て、私は満足げな表情を浮かべる。いつも翻弄《ほんろう》されてばかりだから、彼にこんな顔をさせられたことが、少し嬉しい。さっきの仕返しが、少しは出来たかしら。

「言ったね？　アリス。じゃあこれからは僕も、遠慮せずに想いを伝えるから」

「え、え……っ？」

「君が言ったんだからね？」

この笑顔は、なんだかとても嫌な予感がするわ。私の優位が、たった一瞬で崩れてしまった。

「っ、冷たいお水を飲んできます！」

このままここに居ては不味《まず》いと、私は慌てて立ち上がり駆け出す。くすくすと響く彼の笑い声が、いつまでも頭から離れてくれなかった。

今日は、風がさわさわとそよいでとても気持ちの良い午後だ。ユリアン様の屋敷のテラスで、私達は一冊の本を囲んでいた。

「それでね、そこでは寝る前に皆が必ず集まって会話をするんだ。大人も子供も関係なく、意見を交換し合うんだよ」

「そうなのですね。素敵だわ」

彼が留学していた間の話を聞くのは、とても面白かった。このルヴァランチア王国内でさえ、村や町ごとに様々な風習がある。それが他国ともなれば、肌に感じる空気感から違うのだろう。以前の私は、この国の中での世界が全てだったけれど。今はいつか自分の足で、まだ見たことのない景色を見てみたい。

「ほら見てこの衣装」

「まぁ、綺麗。これは……結婚式でしょうか」

ユリアン様が持ち帰った文献に描かれている古ぼけた白黒絵に、私はそっと指を沿わせる。

「見たことのない花だわ」

「我が国では咲かないからね。気候の暖かなこの国ならではのものだよ」

「素敵……いつか本物を見てみたい」

匂いを嗅ぐようにすん、と鼻を近づける。そんな私を見て、ユリアン様は優しく目を細めた。

「あちらの国では外国人にも凄く友好的だったから、きっとアリスも歓迎してもらえるよ」

「そうでしょうか」

「不安なら、僕と一緒に行けばいい」

私は、長い睫毛に縁取られたまぶたをぱちぱちと瞬かせる。ユリアン様の表情は、やっぱり優しげだった。

「不安がることないよ。僕と一緒に行けば良いんだから」

「い、いえあの」

「結婚後の旅行とするのはどうかな？　流石に諸国をたくさん回ろう、とは言えないけど」

結婚。その言葉に、私の心臓は色んな意味でどきりと波打つ。今のユリアン様は、昔とは全く違う。そして私も。思い通りにならなかった時なんかは、たまにかんしゃくを起こしてしまうこともあるけれど、そんな時には自身の胸に手を当てて、ゆっくりと深呼吸を繰り返す。思い通りにいかない苛立ちを、他者に向けてしまわないように。そうして死を逃れようと必死にもがいても、そのゴールは未だに見えない。チャイ王女と顔を合わせた時に、自分が相応しい振る舞いをできるのかどうかも不安でしかたなかった。

「そんな未来の『もしも』のお話も、素敵ですわね」

「……アリス」

本に落としていた視線を、ふいっと向こうへやる。彼が私の名前を呼んだけれど、それに反応することはしなかった。

「それにしても外国人を歓迎だなんて、よほど豊かで心に余裕がある国なのですね」

不自然に思われぬような話題を振って、やんわりと話を逸らす。ユリアン様はそれにちゃんと答えてくれた。

「全ては気候と土壌のおかげみたいだよ。この国みたいに威張《いば》って私腹を肥やしてる貴族が、少ないっていうのもあるのかも」

「まぁ」

口元に手を添えてくすくすと笑えば、ユリアン様も安堵《あんど》したような表情を浮かべた。

「そういえば僕がいた二年の間に、ルヴァランチア以外の国の王族も友好の証として滞在していたんだ」

「それはどこの国の方ですか？」

「スロフォン王国のお姫様だったかな」

その名前を聞いた途端、私の胸がざわざわと騒ぎはじめる。沸かしたばかりの湯でも飲んだかのように、カッと喉元が熱くなった。なんだかとても、嫌な予感がする。

「そ、その方のお名前が知りたいですわ」

「名前？　アリスはスロフォンに知り合いがいるの？」

「ええっと、そういうわけではないですが」

私の事情を知るはずもないユリアン様は、特になんとも思っていない様子でさらりとその名を口にした。

「チャイ王女だよ。スロフォン王国の第四王女、チャイ・スロフォン」

嘘、でしょう？　まさかこんなことって。ユリアン様と彼女が、こんなにも早く出会ってしまうなんて。

全く予想していなかった事態に、私は小刻みに震える体をぎゅうっと抱き締めた。それからチャイ王女についてユリアン様に聞いてみたけれど、彼は彼女について特段詳しくは知らなかった。ルヴァランチアとスロフォンは友好国である為、王族同士全く会話をしないということはきっと無理だろう。実際、留学中は何度か食事を共にしたとユリアン様は口にする。

それでも、彼は私とお喋りをしている最中にたまたま思い出したかのような反応だった。少なくとも、私にはそう見えた。

「チ、チャイ王女殿下は、さぞかしお可愛らしい方だったのでしょうね。まるで妖精のような」

「そうだね。確かに可愛らしい方だったよ。僕達の二つ下だと言っていたかな」

可愛らしいと言っているのに、表情はいたって普通。あくまで一般論を述べているような雰囲気である。

おかしいわ。以前のユリアン様は、明らかにチャイ王女に心を奪われている風だったのに。それともまだ幼いから、今はまだそういった感情が芽生えないのかしら。思わず胸に手を当て、ほうっと深い溜息を吐く。

その直後、私はなぜこんなにも安堵しているのだろうと、思わず自問自答した。今ユリアン様がチャイ王女を好きになったとしても、私の心はきっとそれを受け入れられる。ずっと望んでいた、円満な婚約解消ができるのだから。それなのにどうして私は、安心なんてしてしまったんだろう。

「アリス、様子が変だけど大丈夫？」

はっとして、視線を上げる。心配そうに瞳を揺らすユリアン様と目が合って、胸の奥がどきりと音を立てた。

「な、何でもありませんわ」

「アリス。まさか君……」

その後に続く言葉は一体何なのだろうかと、私は体を硬直させた。

「やきもち妬いたの？」

「はい……？」

さっきまで心配そうにしていたのに、途端にぱぁっと顔を輝かせた。

「そっか。君にやきもちを妬かれるのって、こんなに幸せな気持ちになるんだね」

「あ、あのユリアン様」

「そんな困った顔をしないで？　僕は君にならどれだけ酷いやきもちを妬かれても嬉しいから」

それは勘違いだとは、とても言えない雰囲気。あははと笑って誤魔化したのに、それでも彼は嬉しそうに笑う。すると今度は、体の奥がまるで針にでも刺されたかのようにちくちくと痛みはじめた。

　今のアリスティーナになってから私はもう何度も、彼の笑顔をこの瞳に映してきた。他人を平気で蹴落とし、その命すら軽《かろ》んじ、そうまでしても手に入れることができなかったもの。それが手を伸ばせば簡単に触れられる距離にあるのに、どうしてこんなに苦しいの？

「僕はね？　アリス。あの時君と婚約解消なんて話にならなくて、本当に良かったと思ってる」

「ユリアン、様」

「改まるとちょっと照れるね」

　そう口にしながらはにかむ彼を見て、思わず視線を逸らさずにはいられなかった。

　既に出会ってしまった、ユリアン様とチャイ王女。それが今後の人生にどう影響を及ぼすのか、今の私には分からない。それでも、このままではきっと以前と同じ道を辿ることになると、私の中の何かが警鐘を鳴らしていた。


「リリ、見て！　綺麗な蝶が居るわ」

「まぁ、本当ですね」

「素敵な模様ね……」

ゆったりと優雅に羽を動かす蝶を見つめながら、私はリリのエプロンを掴む。彼女は微笑みながら、仕事の手を止めて寄り添ってくれた。

あれから、また精神的に不安定な面が顔を出すようになってしまった。夜一人になると怖くて、ベッドの上で一人震える。お母様やお父様、侍女のミラにも誰にも、相談する気にはなれない。ユリアン様に近づき過ぎるのは良くないと分かっていても、今の私はこの屋敷に来ることをやめられなかった。

「つかまえてあげようか？」

いつの間にか側に居たユリアン様が、耳元で囁く。ぱっと瞬時に距離を取りながら、ふるふると何度も首を左右に振った。

「見ているだけで十分です」

「だけど、もう飛んで行っちゃったよ」

「ユリアン様のせいですわ！」

「違うよ、アリスが騒ぐからだよ」

ムキになる私と、ポーカーフェイスのユリアン様。そんな私達を見ながら、リリが嬉しそうに笑っている。

「相変わらず、お二人は相性がぴったりですね」

「そうだね」

「どこが！」

全く正反対の台詞が、ぴたりと重なった。そんなやり取りを繰り返しながら、三人で過ごす時間が心地良くてやめられない私。チャイ王女に怯えながら、日に日にユリアン様に惹かれる気持ちを誤魔化しきれなくなっていく。私の気持ちを知ってか知らずか、彼も顔を合わせるたびに、幸せそうにはにかんでくれるようになって。

心臓が爆発しそうになる嬉しさと、ねじ切れるような苦しさが混在していた。


戸惑いながらも満たされた日々に甘んじていた私の身に、ある日過去の罪を忘れさせないとでもいうような出来事が起こった。

「まだ懲りていないのか、頭の軽いアリスティーナ・クアトラ」

ユリアン様の離宮へ向かう道すがら、彼の兄であり第一王子でもあるマッテオ殿下が、道を塞《ふさ》ぐようにして立っていた。

「マッテオ殿下。お久しぶりでございます」

「ふん」

何よ。わざわざ自分が私の目の前に来たくせに、相変わらず何がしたいのか分からない人だわ。

ユリアン様のお屋敷は、宮殿敷地内の端。偶然鉢合わせなんて、そうある話ではない。

「弟君であるユリアン様も無事帰国されて、本当に良かったですわ」

完璧なカーテシーの後、にこりと微笑む。マッテオ殿下は相変わらずの輝く金髪に澄んだ碧眼、王族の証をこれでもかと見せつけていた。

「せっかく他国へ追いやったのに、わずか二年で帰ってくるとは。あの口先だけの子供に上手く言いくるめられやがって、本当に使えないヤツらばかりだ」

憎々しげに顔を歪めるマッテオ殿下を見つめながら、私はユリアン様の言葉を思い出していた。やっぱり、この方の差し金だったのね。なんて陰湿な男。もう王立学園に入学しているはずだけれど、今は休暇中なのかしら。

「……王位継承権は、決して揺らぐことはありません。ユリアン様に野心がないというのも、良くご存知のはずです」

ことあるごとに私やユリアン殿下に嫌な絡み方をしてくるのはきっと、妬みからくる行動なのだろう。私には、マッテオ殿下の気持ちの方が良く分かる。

「マッテオ殿下はそのままで、十分魅力的です」

「お前に媚を売られても、嬉しくも何ともないな」

「もっとご自分を愛してください。後悔なさる、その前に」

何でも持っている癖に、不遇の弟に嫉妬する醜い人。けれど何故だか他人事には思えず、私は彼の碧眼をじっと見つめた。

マッテオ殿下なんてどうなっても構わないと思う気持ちと、今ならまだ間に合うのではという気持ちが、頭の中でせめぎ合っている。この方はまだ私のように、手を出してはいない。もしかしたら兄弟二人で、手を取り合える未来もあるのではないかと、そう思ってしまったのだ。

「相変わらず、生意気な女だ」

マッテオ殿下は視線を逸らし、チッと舌を打つ。

「不快にさせてしまったのならば、申し訳ございません」

「だがまぁ、お前を手籠《てごめ》にして黙らせれば、ユリアンの機械じみた不気味な顔にも、少しは人間らしさが宿るかもしれん」

「てっ、手籠？」

「見た目だけは一級品だしな」

品定めするかのような下卑《げひ》た視線に、背筋がぞわりと粟立つ。思わず一歩後退《あとずさ》れば、二歩分の距離を詰められた。

「いやそれとも、俺の手つきとなれば、あいつはお前を捨てるか」

「ご冗談を。マッテオ殿下には、素敵な婚約者様がいらっしゃるではないですか」

「あれは、俺が何をしようが口出ししない。妾の一人くらい、出来たところでな」

「め、妾って……」

じりじりと近づいてくる殿下に、私は必死に身を捩《よじ》らせる。いつもはあんなにぞろぞろと護衛を連れているくせに、どうして今日に限って一人なのよ。

ふと、ある答えに辿り着く。まさか最初からこのつもりで、この人は私の行く先を塞いだというの？

「申し訳ありませんが、先を急ぎますので」

「まさか、この俺の誘いを断ると？」

「私をその気にさせると、困るのはマッテオ殿下ではないですか？」

男性経験なんてあるはずもないし、そもそも歳だけでいえば私はまだ十二歳。こんな風に手首を掴まれただけで、身の毛がよだつくらい怖くて仕方がない。

だけど、怯んだらもっと面白がられる。力で敵わないのだから、頭を使うしかない。

それにもしもここでマッテオ殿下が私に手を出せば、きっとユリアン様も黙っていない。兄弟仲に完全に亀裂が入れば、困るのはユリアン様の方だ。ただでさえ王妃様から冷たくあしらわれている彼の立場を、これ以上悪くするようなことはしたくない。

「私、あまり口の堅い方ではないので、殿下が私を新たな婚約者にすげ替えてくださるおつもりだと、あちこちで言いふらしてしまうかもしれませんわ」

「……はっ。やはりお前は、顔だけの女か」

「どうでしょうか。本当に、お試しになってみます？」

掴まれた手首を、わざとぐっと前に突き出す。マッテオ殿下が一瞬怯んだ隙を突いて、逃げ出してやろうと思っていた。

「アリス……っ」

けれどそうする間もなく、突然後ろから力強く体ごと引き寄せられた。

「ユ、ユリアン様……っ」

「……お久しぶりです、マッテオ殿下」

私の体を抱き締めたまま、彼は無機質な声で淡々と口にする。それに反して、触れている体は異様に熱を帯びていた。

「僕の婚約者に、何か用がおありですか？」

「何だと？　誰にものを言っている？　お前ごときが俺にそんな口を聞いて良いと思っているのか」

とっさのことに反応出来なかったのか、マッテオ殿下は掴んでいた私の手を離した。ぎりりと奥歯を噛み締めながら、鋭い眼光でユリアン様を睨みつけている。

「これからも僕は、貴方達には逆らいません。そちらが僕のものに、手を出さない限りは」

「そんなにその女が気に入っているのか。ただ家柄のみで、母上から押しつけられただけの婚約者のくせに」

「アリスに何かしたら、全力で貴方を潰す」

地を這うような、聞いたことのない低い声色。ここからではユリアン様の表情は窺えないけれど、何となく想像出来る。だからこそ、驚いている。

「お願いですから、大人しくいさせてくれませんか。無用な争いは、互いの為になりません」

「……ふん。お前など、端《はな》から眼中にない。少しからかったくらいで面倒な反応をするな」

興が醒めたとでも言いたげに、マッテオ殿下はひらりと身を翻す。

「底辺同士、せいぜい身を寄せ慰み合っていれば良い」

「マッテオ殿下、良い一日を」

最後に、とびきりの笑顔でそんな言葉を投げつけてやった。やっぱり最低な男、もう二度と顔なんて見たくないわ！　呪いでもかけてやろうかしら。

後ろ姿にべーっと舌を突き出しながら、私はふんと鼻を鳴らした。

「アリス」

「ありがとうございました。けれど良かったのですか？　売り言葉に買い言葉でしょうが、あんな風に言うと後が面倒なことになりそ……っ」

ユリアン様はぐっと腕を引くと、私の体を正面から抱き締めた。

「あ、あああのユリアン様!?　マッテオ殿下はもう」

「どうしてもっと、拒否してくれなかったの？」

淀んだ声色が、耳元で響く。

「ユリアン、様？」

「兄さんの方が、良くなった？」

「まさか！　あんな人はお断りですわ！」

彼の腕の中で首を振る私に、彼は小さく安堵のような溜息を吐いた。

「本当は、この掌で一発お見舞いしてやりたかったですけれど、そんなことをすればクアトラ家は大惨事です。そ、それに……」

恥ずかしくなって、モジモジと身を捩る。ユリアン様は続きを急《せ》かすかのように、私を抱き締める腕に力を込めた。

「ユリアン様の、ご迷惑にはなりたくなかったのです」

「……アリス」

「わ、私だって成長したのですからね！　相手の気持ちを考えることくらい、朝飯前ですわ！」

これではどう誤魔化しても、ユリアン様の為に我慢したという風にしか聞こえない。ああ、もう！　どうにでもなればいいわ！

抵抗することを諦めた私の髪を、彼がその綺麗な指で優しく掬う。

「そんなに可愛いことを言わないで、アリス。初心《うぶ》な君に合わせているのに、このままでは我慢がきかなくなってしまうから」

「なっ、なにを言って……っ！　もう、いい加減に離してくださ……っ」

やっぱり無理だと身を捩ったけれど、不意に聞こえた悲しげな声に、ぴたりと動きが止まった。

「今までは、離宮に一人でも、誰に何を言われても、平気だった。いや、平気なフリができた。でも、君のことだけは無理なんだ」

「ユリアン、様」

「アリスをとられるくらいなら、僕は兄さんと争うことになっても構わない」

まさか、この人にそんなことを言われる日が来るなんて、夢にも思っていなかった。こちらを覗き込むグレーの瞳が、鈍色に光る。

「お願いだから、離れていかないで」

置いてけぼりの、小さな子供みたいな表情。無意識のうちに伸びた自身の手を、私は慌てて後ろに隠す。

「……ユリアン様はきっと、一人ではなくなります。だって、魅力的な方ですもの」

そう、私とは違う。貴方には、貴方に相応しい妖精と出会う運命がある。それに私だって、もう二度とあんな思いはしたくない。ユリアン様の側に居ない方が、自分の為になることは明白だ。

「アリス……」

ユリアン様が今、欲している言葉。それを理解しながら、分からないフリをする。

彼はそれ以上何も言わず、ただ黙って私を見つめるだけだった。

第五章　アリスティーナ、いざ学園へ

気が付けば私は十三歳になり、以前と同様ユリアン様と共に王立学園に入学する運びとなった。

いっそ学校に行かなければ……とも考えたのだけれど。

「いいこと？　アリスティーナ。学園には貴女の立場を奪おうとする女狐がたくさんいるのよ。だから、常に目を光らせておきなさい。貴女が選ばれた完璧な人間だと、ちゃんと思い知らせてあげるの」

お母様に何度も何度もそう言われて、初めから行かないという選択肢はなかったのだと気が付いた。相変わらずゴテゴテと着飾ったお母様の言葉を聞きながら、私はぼんやりと思う。

そういえばこの台詞、以前の人生でも言われたわ、と。そう考えると、何だか不思議だ。私やユリアン様のように変わる者もいれば、私の家族のように変わらない者もいる。私は私でしかなくて、必ずユリアン様の妻になると信じて疑わなかったけれど、人生の選択肢って無限にあるものなのね。

相変わらずリリとも定期的に会えているし、彼女の存在は私にとって本当に救いだわ。学園に入学しても、たくさん手紙を書きましょう。

逆にユリアン様とは、これから毎日顔を合わせることになるのよね。それを考えると、複雑な心情になる。

ユリアン様に抱き締められたあの日から、もう一年。彼は相変わらず、私にだけとても甘い。普段は嫌がる素振りを見せているけれど、本当はいつも痛いくらいに心臓が跳ねていた。

結局のところ、未だに婚約解消にはいたっていない。焦りと安堵がせめぎ合っていて、どうしたら良いのか分からない日々が続いている。

「……この気持ちは、ちゃんと隠さなきゃ。大丈夫、今度は上手くやれるわ」

自室の姿見に向かって呟きながら、琥珀色の長い髪を手でばさりとかき上げた。


「未来ある諸君の学園入学を、心より歓迎いたします」

今日は、入学式。学園長の長ったらしい挨拶を聞き流しながら、ぴかぴかの制服のリボンをそっと撫でる。人生をやり直しはじめてから早八年。色々あったけれど、私は私なりに努力してきたつもり。それでもやっぱり、根本の性格を丸ごと変えることはできないのよね。

「クアトラ公爵令嬢、お会いしたかったです！　制服姿がとても美しいです！」

「まぁ、よく分かっていらっしゃるのね」

入学して一週間経つ頃には、学園内を颯爽と歩きながらそんな台詞を口にしていた。

誤解のないように言っておくけれど、今の私は決して誰かを貶《おとし》めようなんて思っていない。ただ、誰にでも優しく慈悲深い聖女のように振る舞うのは、私には無理なのだ。以前の私を知っていることもあって、わざとらしく感じてしまうし何より気恥ずかしい。素直になれないせいで、今の人生でも結局令嬢達からは怖がられているらしい。だけど、褒め言葉を素直に受け取るのは別に悪いことじゃないわよね。美しいのは、事実なんだから。

「アリス」

私の姿を見つけて、彼が軽く片手を上げる。

「ユリアン様」

入学と同時にすっきりと短く刈られたグレーの髪。そのせいで澄んだ瞳と美しい顔が浮き彫りになっている。濃紺のブレザーを誰よりも優雅に着こなし、同じ色のタイが十三歳の彼に大人っぽさを与えていた。

「制服がとても良く似合っているね。凄く可愛い」

「そ、そんなの当たり前のことです」

「ユ、ユリアン様も」

つんと唇を尖らせながら言うと、ユリアン様は小さく笑う。

「うん？」

「ユリアン様も、素敵……ですわ」

そっぽを向いたままもじもじぼそぼそと呟く私を見て、彼は楽しそうに喉を鳴らした。

私達の関係は、今もまだ婚約者のまま。

「ねぇ、アリス」

「はい？」

笑っていたユリアン様が、ふいに表情を暗くする。

「アリスは僕のことを、どんな風に見てる？」

「どんな風？　貴方はこの国の第二王子、ユリアン・ダ・ストラティス様です」

「やっぱりそう、だよね」

急すぎる質問に首を傾げつつ答えると彼は何故か俯いてしまった。

「それの何がいけませんの？　王子であることはきっといつか、ユリアン様を助けてくださいます」

「僕はそうは思わないけど」

「王子云々《うんぬん》という前にユリアン様はユリアン様ですし、私は私です。それは変えられません。ですが今の私は知っているのです。現状を変えるのは、己の力だと」

この説得力は私にしか出せない。自信満々で胸を張ったけれど、そういえばユリアン様は私の事情を知らないのだから意味がなかった。

「入学したてでまだ緊張されているのですか？　ユリアン様らしくありません」

「僕らしいとは？」

「笑顔で私を苛める小悪魔です」

これにも胸を張って答えると、ユリアン様はふっと噴き出し大笑いしはじめた。なにがそんなにおかしいのか、私にはちっとも理解できない。

「やっぱりアリスは、性格が悪いね」

「望むところですわ！」

以前も言われた台詞。だけど今の私はもう、めそめそ泣いたりなんてしないんだから。


流石、クアトラ公爵家の名は絶大だ。

私が特に何もせずとも、アリスティーナ勢力はどんどんと広がっていく。以前の人生でいつも私の一番近くにいた伯爵令嬢のサナが、今回も側にぴったり張りついていた。

「まぁ……こんなものよね」

学園の中庭にあるベンチに腰掛け、適当に周囲を観察する。プライドの高い者同士がぎゅうぎゅうに詰め込まれたこの学園で、トラブルのない方がおかしい。寄宿制で普段学園の外へ出られないストレスも相まって、親が高位貴族の生徒が自分より立場の低い生徒を苛める光景ばかりで、気が滅入る。

なんだか凄く、責められているような気分になるのよね。

私はこの八年で、自らを顧み反省するというスキルを習得した。そして、他者を慮《おもんぱか》るという感情も。それを学べたのはリリの力が大部分を占めているれど、ユリアン様の存在も実は大きい。

神から愛され、全てにおいて恵まれていると思っていた彼にも、実はとても複雑な事情があるのだと知ったからだ。

ユリアン様の婚約者として何度か王妃様にもお会いしたけれど、あの方はとにかくユリアン様を褒めなかった。やっぱり、過去に不義を疑われたという悔しさが消化しきれていないのかもしれない。感情のコントロールって、本当に難しいのよ。マッテオ殿下はあの通りだし、お父様の話では留学以降ユリアン様が国王陛下に評価されはじめたらしいから、余計に当たりが強いのかもしれない。

ちなみにマッテオ殿下ったら、学園に入学して一年と経たないうちに辞めてしまったんですって。高位貴族から非難されないよう、優秀な教師を大勢雇って、個人レッスンという体にしているともっぱらの噂だ。卑怯だと思わなくもないけれど、ここで毎日顔を合わせるのも嫌だし、ちょうど良かったわ。

――僕は僕のままで十分魅力的だと言ってくれた、あの言葉が凄く嬉しかったんだ。

ユリアン様が私に向かって言った台詞が、あの時の私には理解できなかった。けれど彼が一体どれだけ辛い気持ちを押し殺し耐えてきたのかを、私は長い年月をかけてようやく、少しだけ理解することができたのだ。

貴方は環境に恵まれている、生まれた時から勝っていると、以前の私は何度も口にしていた。そんな婚約者、嫌われて当然だと今なら分かる。

そして今こうして、目の前で誰かが誰かを苛めているのを見ていると、つくづく思ってしまう。

貴族って、なんて窮屈で可哀想な生き物なのかしら。と。ぼうっとしていた私は立ち上がると、円になって一人を囲んでいる男子生徒達の元へ歩いていく。そして腕を組み、自分の体が少しでも大きく見えるようにと精いっぱい胸を張ってみせた。

「ねぇ、貴方達、何だかとっても面白いことをなさっているのね」

「ク、クアトラ公爵令嬢！」

流石に私の顔を知らない者はいないみたい。苛めていた側の男子生徒三人が、私を見て目を丸くした。彼らの足元には、小柄な男子。うずくまっていて顔は見えないけれど、制服は見事に土まみれだ。

「こういうことって、楽しいのかしら」

「い、いえ。僕達は楽しんでいるわけではありません。ただコイツが自分の立場というものを分かっていないので……」

「そうです。僕らは親切で教えていただけです」

この学園で、私より位の高い家の生徒はほとんどいない。彼らの顔は知らないけれど、この態度からしても大した爵位の家ではなさそう。

「貴方達って、とっても親切なのね」

にこりと微笑んでみせると、彼らは途端に頬を染める。こんな時、美しいって得だわ。

「私も貴方達を見習って、彼に礼儀を教えて差し上げなくっちゃ」

「そんな、クアトラ様が相手をするようなヤツでは」

「あら、貴方達は良くて私はダメなのかしら？」

すうっと目を細めただけで、彼らはぶるりと身を震わせた。

「さぁ行きましょう？　私も貴方に教えて差し上げるわ。言っておくけど、私は彼らみたいに優しくなくってよ？」

「えっ……そ、そんな」

うずくまっている生徒の腕を掴むと、彼は心底怯えた表情でこちらを見上げた。

「良いから来なさい。抵抗するなら、貴方の家がどうなるか分からないわけじゃないでしょう？」

「は、はい……」

掴んだ手から私にまでぶるぶると震えが伝わってくる。私ってやっぱり、そんなに怖いかしら。

「アリスティーナ様、私達も……」

「ついてこないでもらえるかしら。私一人で楽しみたいの。じっくりと……ね？」

サナや男子生徒達に意地悪くにたりと微笑めば、それ以上誰も何も言うことはなかった。

彼を連れて人気のない場所まで来ると、私はパッと腕を離す。

「断りもなく触れてしまってごめんなさいね」

「え……あ、あの」

相変わらず、小柄な男子生徒は震えている。かけている丸眼鏡は片方ヒビが入り、髪の毛は芝にまみれていた。制服の泥だらけ具合は言わずもがな。

「もう行って？　今後あの方達に何かされそうになったら、言ってやりなさい。自分はアリスティーナ様専用のおもちゃだと言われた、と」

男子生徒は動かず、ヒビの入った眼鏡でじいっと私を見つめる。もう、震えてはいないみたいね。

「も、もしかして僕を助けてくださったのですか……？」

それでもやはり怖いのか、言い方がびくびくしていて聞き取りづらい。

「ちゃんと聞いていらした？　貴方は私専用のおもちゃになったのよ」

「だ、だけどもう行っていいって……」

「ええ、確かに言ったわ。今はそんな気分じゃないの」

わざとつんとしてみせたのに、この男子生徒は意外と頑固らしい。何故かなかなかこの場を去ろうとしない。

「あ、あのクアトラ公爵令嬢。本当にありがとうございました」

「何故お礼を言うの、変な人ね」

「あのままだと、これを捨てられていただろうから」

彼がずっと大事に胸に抱いている、一冊の古びた本。うずくまって蹴られ放題だったのは、その本を守っていたからなのだろう。

「それは、何の本なの？」

「古い薬学書です。とても貴重なもので、図書室の司書の方に何度も何度も頼み込んでやっと貸し出してもらえたんです」

「ふぅん」

自分から尋ねておいてなんだけど、あまり興味がない。まあ、自分の身より眼鏡より大切だと言うのだから捨てられなくてなによりだ。

「あ、あの僕、ウォル・ターナトラーと申します。ターナトラー子爵家の次男で、今四年生です」

「まぁ、歳上じゃない。もっと気を遣うべきだったのね」

「気にしないでください。年相応に見られたことなどないので」

ウォルと名乗った男子生徒は、にへらと笑いながら眼鏡のツルを人差し指で持ち上げる。

「そう。じゃあ、気にしないことにするわ」

遠慮なくそう言うと、彼はぽかんと口を開けた。

「それにしても、貴方って変わってるのね。自分の体よりそんな古びた本が大切なんて」

「あはは、よく言われます。本にばかりかじりついて、人生何が面白いんだって」

ターナトラーさんの表情はにこやかだけど、本を持っている指が白くなっている。力が入っている証拠だ。私はまた、考えなしな発言をしてしまったのかしら。

「何かを成し遂げる人ってそうよね。他人には理解されないものだわ」

「ク、クアトラ公爵令嬢……」

途端にターナトラーさんの顔が輝きはじめる。心なしか、彼の眼鏡が曇って見えた。

「じゃあ、もう行くわ。さようなら」

「あっ、はい！　さようなら！」

彼が去っていかないので、私が立ち去ることにした。おもちゃ呼ばわりされたにも拘《かか》わらず、ターナトラーさんはぶんぶんと音がしそうなほど、何度も頭を下げている。彼の髪についていた芝が、その反動ではらはらと舞っていた。

彼を助けたつもりも、彼を苛めていた男子生徒達を責めるつもりもない。だって私は、もっと酷いことも平気でやっていたから。それをなかったことにして、正義の皮を被って善人面をしたところで、結局本質は変えられない。だけど、今の私には、見て見ぬ振りもできなかったのだ。

「もっと早く、間に入ってあげればよかったかしら」

その小さな呟きは、ざあっと吹いた春の風によってどこかへ飛ばされてしまった。


一度気になり出してしまうと、もう駄目だった。あの時ウォル・ターナトラーにそうしたように、気が付けば私専用の『おもちゃ』が両手でも足りないほどに増えていたのだ。

何度も言うが、私は決して根本が善人ではない。高位貴族が嬉々《きき》として下位貴族を苛めている様を見ると、まるで以前の自分を見ているようで嫌だ、という私情からこんなことをしているだけ。だから堂々と助けには入らないし、あくまでも気紛れに戯《たわむ》れているという演出でいきたい。実際、私に自分専用のおもちゃ呼ばわりされ、怯えている人達がほとんど。とある人物を除いては。

「クアトラ嬢！　見てください。学園の花壇で許可を得て育てていた花なんですが、何年も枯らしてばかりだったんです。それが今年はほら、こんなに立派に咲いてくれたんですよ！」

嬉々とした表情で私に話しかけてくるのは、四年生のウォル・ターナトラー。あの日以来彼は私に懐き、まるで飼い主に纏わりつく子犬のようにやたらと近寄ってくる。今日も今日とていつの間にか側にいた彼は、手に小さな花を持っている。根の部分には、白い綿のようなものが巻きつけてある。なんとはなしに、そこをじっと見つめた。

「あっ、これですか？　この花は根に強い生薬成分があるので、水を含ませた綿で保護しているんです」

「へぇ、そうなの」

あまり興味が持てなくて、そっけない返事になってしまった。

「花弁も控えめで可愛らしいでしょう？　でもこの花、実は食べると食中毒を起こしてしまうくらい危険なんですよ。クアトラ嬢もくれぐれもお気をつけて！」

食べるわけないじゃない。間髪容《かんぱつい》れずにそう言いたかったけれど、面倒なので黙っておくことにした。というより、そんな危険な花を学校で育てるなんてどうかしているわ。

ターナトラーさんはご覧の通りの薬草マニア。お父様が医者でお母様は看護人らしい。自分もいつかは医者になり、たくさんの人の役に立ちたいと目を輝かせていた。

眼鏡の奥の濃紺の瞳はまん丸で、背だって私より少し高いくらい。ひょろりとしていて、きちんと食べているのかと問いたくなる。

「ところでクアトラ嬢。今日の放課後はお暇ですか？」

「何かしら」

尊大な態度を隠すこともせず、一応尋ねる。

「僕は自然学を専攻しているんですが、先生から空き教室を研究室として自由に使っていいと許可をいただいているので、クアトラ嬢にぜひ遊びに来てほしくて」

「なぜ私なの？」

「クアトラ嬢以外に友達がいないので」

微妙に失礼な物言いにも引っかかるが、私達はいつから友達になったのだろう。そしてそもそも、今まで生きてきた中で私に友達と呼べる存在がいたことがあっただろうか。いや、ない。取り巻きはいても、友達はいなかった。学園にいる同世代の女性はいつでもライバルになりうると思っていたせいもあり、信用していなかったのだ。

「僕、クアトラ嬢が初めてのお友達です！」

ターナトラーさんは三学年も上だとは思えない可愛らしい笑顔で、にこっと笑う。強引で図々しい気もするが、なんだか憎めない。

「奇遇ね、私もよ」

呆れながらも、つい笑ってそう返してしまった。

「アリス」

ターナトラーさんと二人向かい合わせで笑っていると、不意に名前を呼ばれる。私をアリスと呼ぶのは、この学園でたった一人。

「ユリアン様」

「何してるの？」

「何って、お喋りです」

気持ちの良い日光を浴び、彼は今日も光り輝いている。グレーの髪が太陽の光に照らされると銀色に輝き、本当に神秘的に見える。もちろん、それと同系色の瞳も。

だけど今日はなんだか、いつもと雰囲気が違うような気がする。ピリピリしているような、不機嫌さが見て取れた。

「彼は？」

いつもよりずっと近い距離で私の隣に立ち、ユリアン様はちらりとターナトラーさんに視線を向ける。彼は蛇に睨まれた蛙《かえる》のようにひゅっと体を縮こまらせた。

「ウォル・ターナトラーさんです。彼は私達よりも三つ上の学年で、薬草マニアなんですって」

「マ、マニアだなんてそんな」

褒めたわけでもないのに、何故だか彼は照れている。

「ターナトラーさん。こちらは」

「もちろん存じ上げております！　我が国の第二王子ユリアン・ダ・ストラティス殿下！　お会いできて光栄です！」

ターナトラーさんは兵士さながらにびしっと敬礼してみせる。ユリアン様はやっぱり一瞥《いちべつ》するだけで、険しい表情を崩さなかった。

「どうしてアリスと彼が親しげに？」

「えっ？　それはクアトラ様が僕を」

「偶然ですわ！　偶然、話が合ったのです！」

私は彼を遮って、笑いながら誤魔化した。何となく、ユリアン様には知られたくないような気がしたのだ。

彼は偽善的な振る舞いを好まない。私のやっていることは、それはそれは立派な偽善だ。

「……アリス、僕に何か隠してない？」

「ユリアン様に隠しごとを？　まさかそんな」

以前の私は、まるで呼吸をするかのように嘘を吐いていたのに。今は内心冷や汗をかきながら必死に誤魔化している。

「あの、よろしければ殿下もいらっしゃいませんか？　ちょうど、クアトラ嬢をお誘いしていたところなんです！」

「アリスを……？」

「はい！」

ああ、ターナトラーさん。私が言うのもなんだけれど、貴方に今まで友達がいなかった理由が分かる気がするわ。

麗《うら》らかな昼下がりだというのに、ユリアン様の周りだけどんどん空気が冷えていく。

「先輩にあたる方にこんなことを言うのは失礼かもしれませんが」

ユリアン様はそう前置きをすると、しなやかな手つきで私の腰をぐいっと抱き寄せた。突然のことに私は固まり、同じようにターナトラーさんも固まっている。

「婚約者のいる女性を軽々しく誘うのはいかがなものかと。あらぬ噂を立てられては、お互いの為になりませんし」

「え……っ？」

「とにかく今後、私のいないところで彼女を誘うのは遠慮してください。アリスは『私の』大切な婚約者なのだから」

冷ややかな態度とは裏腹に、私の腰を抱く彼の掌は熱い。どきどきと高鳴る心臓を抑えるのに精いっぱいで、ターナトラーさんのことを考える余裕もなかった。

「た、大変申し訳ございませんストラティス殿下！」

「僕達はこれで失礼します。行こうアリス」

「えっ？　ええ。さようならターナトラーさん」

私は赤面したまま、軽く会釈をする。ユリアン様は私を離す気はないようで、そのまま彼に引かれるようにしてその場を後にした。

ターナトラーさんから離れ、私達は人気のない廊下の端へとやってきた。というより連れてこられた、という方が正しい。

「ユリアン様、一体どうなされたのですか？　貴方が誰かにあんな態度をとるなんて」

「……だって、嫌だったんだ」

ユリアン様が、拗《す》ねたようにきゅっと唇を噛む。初めて見るその表情に、思わず目が離せなくなった。

「君が僕以外の男に笑いかけるのが、凄く嫌なんだ」

それはかつて、私がユリアン様に対して抱いていた感情だった。

「ど、どうしてそんなこと」

「どうして？　分かっているくせに、意地悪な質問をするんだね」

グレーの瞳が、とろりと甘さを帯びる。脳が瞬時に危険を察知して彼と距離を取ろうとしたけれど、未だに腰を抱かれていて身動きが取れない。

「ユ、ユリアン様。距離が、近……っ」

「真っ赤な君も、凄く可愛い」

「……っ！」

どう反応して良いのか分からないから、ふいっと顔を逸らすことしかできない。彼は楽しそうに、それでいてどこか切なげな声色で私の名前を呼んだ。

「僕は君のことを考えると、冷静ではいられなくなるんだ。分かってくれるよね？　アリス」

とてもじゃないけれどそれに答えられない私は、必死にこくこくと頷くと、一瞬力が緩んだ隙に彼の腕からするりと抜け、一目散に駆け出したのだった。


入学から早数ヶ月。私の立場はすっかり以前と同じように『悪役令嬢』となっていた。その理由はいくつかあるけれど、まずもってクアトラという名前が非常によろしくないらしい。三人のお兄様達は先に卒業したり、留学したりして今ここには居ない。それでも在学中は、やはり下位貴族を見下す頂点として君臨していたらしく、その名残が今も根強く残っている。

そして私自身もまた、取り巻きを引き連れて闊歩する高飛車な令嬢。先輩だろうと構わず他生徒を『おもちゃ』と称し、人気のない場所へ連れ込む最悪な女生徒。こんなもの、良い噂が立ちようもなかった。

「もう、正解が分からないわ……」

周りから好かれることがこんなにも難しいなんて、正直思わなかった。せっかく友達だと言ってくれたターナトラーさんも、ユリアン様に怯えすっかり私の前に現れなくなってしまったし。まとわりつかれている時はうっとうしいと思っていたけれど、いざいなくなってしまうとそれはそれで寂しいような気もする。

中庭のベンチに腰掛け、脚をゆらゆらさせながらぼうっと空を見つめた。ユリアン様やリリが居なくなった時にも、感じた気持ち。自分だけが正しいと信じて、ひたすら虚勢を張って生きてきた以前の人生では、考えたことすらなかった。

「自分以外の大切なものが増えるのって、不思議な気持ちね」

「それは、誰のこと？」

後ろから耳元で囁かれ、思わず飛び上がる。振り向くと、身を屈めたユリアン様の綺麗な顔がすぐ側にあった。勢い余って、頬同士が触れてしまいそうになる。

「ユリアン様！」

途端にかかっと顔が熱を持ち、慌てて身を引く。彼は楽しそうに喉を鳴らしながら、私の横にすとんと座った。

「最近元気がないけど、それは僕のせい？」

「えっ？　それはどういう？」

「……あの先輩と、話せなくなったから」

あの先輩？　ああ、ターナトラーさんのことかしら。

「確かに、ユリアン様が脅したので彼は私に近づかなくなりましたね」

「……ごめん」

「ふふっ」

しゅんとしょぼくれている姿が新鮮で、つい笑ってしまった。そんな私を見て、ユリアン様の頬が微かに膨れる。この方にも、こんな可愛らしい一面があったなんて。

「ユリアン様は昔から本当に変わっていらっしゃいますわ。この私に執着するなんて」

「君は周囲を虜にする女性だよ」

「噂をご存知ないのですか？　私はあく」

言いかけた瞬間、ユリアン様の綺麗な人差し指がそっと私の唇に触れた。

「他人の評価は関係ない。八年かけて知った君が、僕にとっての真実だから」

「……っ」

心臓が、苦しい。この感情をどんな風に説明すればいいのか、とても思いつかない。彼に触れられた唇が熱を持ち、まるで魔法でもかけられたかのように体が動かなくなる。

「それに僕は、君のその性格の悪さがすっかり癖になってしまっているんだ。他の誰かなんて、全く入る余地がないくらいにね」

「……もうっ」

盛大に頬を膨らませてぷいっとそっぽを向く。ユリアン様はやっぱり楽しげに喉を鳴らした。

「ユリアン様だって、私に負けていませんからね！」

「君の前でだけだよ」

「ちっとも嬉しくありません！」

顔を真っ赤にして反論しても、全く効果はないようだった。

「あの、ユリアン様」

「ん？　何？」

「その……ありがとうございます。励まして、くださったのですよね」

実際他人から見れば励ましかどうか微妙なところだろうけれど。少なくとも私にはそう伝わった。

恥ずかしさと嬉しさが混じった表情でそう口にする私を見て、ユリアン様も優しく笑う。

もう触れられてはいないのに、私の唇に残った熱はなかなか引いてくれなかった。


ある日の放課後、私の下駄箱を開けると、そこに紙が入っていることに気が付いた。

「あら？　何かしら」

封筒にも入っていない、ただの紙の切れ端。それを開くと、何とも読み辛い字の羅列《られつ》が目に飛び込んできた。

この人、字がとても下手だわ。というよりも、丁寧ではない。この私に手紙を渡そうというのに、こんな走り書きのような字を書くなんて、ある意味度胸のある人物みたいね。

いいえ。というよりもこれは……。

「私宛ではないじゃないの！」

汚いから気が付かなかったけれど、まず宛名が違う。そしてこの内容。

――まるで野に咲く花のように君は可憐だ。

明らかに私のことではない。どうやらこの手紙の主は、恋文を入れる場所を間違えたらしい。

まったく、こんな大切なことを間違えるなんてどうかしている。

「私は関係ないのだし、放っておいていいわよね」

取り敢えずぽいと下駄箱に戻し、そのまま宿舎へ帰ろうと足を進める。

「……ああ、もう！」

だん！　と足を踏み鳴らすと、私はくるりと踵《きびす》を返した。私の後を追ってきたらしいサナと数名の令嬢が、明らかにビクリと肩を震わせた。

「少し用ができたから、先に行ってちょうだい」

「は、はい」

「あ。その前に、ちょっと聞きたいことがあるのだけれど」

サナは焦げ茶色の瞳を丸くして、微かに首を傾げた。

そして次の日。私はサナ達を使って手紙の主を聞き出し、一人でその彼の居る教室まで向かう。

私よりも一つ年上の二年生で、ひょろりとした風貌だった。背も高く比較的整った顔立ちをしているけれど、おどおどしていて自信なさげな雰囲気が、全てを台無しにしている。以前の私なら、苛ついて怒鳴り散らしていたことでしょうね。

「あ、あの……ぼ、僕に、な、何か御用でしょうか……」

私の噂を知っているのだろう。顔面蒼白でがたがたと震えている。彼からしてみれば、突然理由もなく私に教室まで訪ねてこられて、戦々恐々といったところかしら。

「アイザック・オーウェンさん。恋文を入れる場所を間違えるなんて、どうかしているわ」

「へ……え……っ？」

「だから、間違えているのよ。昨日、私の下駄箱に入っていたわ」

スカートのポケットからかさりと紙の切れ端を取り出して、彼に突きつける。元々悪かった顔色が、さらに青白く変わった。

「そ、そそそれ……っ！」

「クリケット嬢の下駄箱は私の隣よ」

「そんな……」

次の瞬間には、がっくりと床に膝をついて項垂《うなだ》れている。どうやら感情が全て表に出る性分らしい。

「あんなに勇気を出したのに……」

「ご愁傷様《しゅうしょうさま》。次はきちんと確認を怠《おこた》らないことね」

瞳いっぱいに涙を溜めて今にも泣き出しそうな彼を見ると、ふつふつと怒りが湧いてきた。この先輩、アイザック・オーウェンはつくづく私の嫌いなタイプだ。

「なぜわざわざ、それを僕に届けに来てくださったのですか？　まさか脅迫……」

「貴方を脅迫して、私に一体何の得があるというの」

「だ、だってクアトラ様は専用の『おもちゃ』を従えるのが趣味だと」

まぁ、彼は間違っていない。趣味だと言われているのは、なんとなく引っかかるけれど。

「確かに、私がこの手紙をクリケットさんの下駄箱に入れ直して差し上げようかとも思ったのだけれど」

ぺたんと床に座り込みただ私を見上げているオーウェンさんに、ずいっと顔を近づけた。

「あまりにも酷すぎて、見過ごせなかったのよ！　こんな恋文では、実るものも粉々に散ってしまうわ！」

声高々にそう言えば、とうとう彼の瞳からぽろりと涙が零れ落ちる。流石にぎょっとしていると、オーウェンさんはぐすぐすと鼻を鳴らしながら、涙を止めようとしている様子だった。

「ごっ、ご迷惑をおかけしてすみませんでした、クアトラ様。僕の浅はかな行動のせいで、貴女の手を煩わせてしまいました」

　立って私から返された紙の切れ端を持つ彼の手は、ぶるぶると震えている。それを見つめながら、私は腕を組み、じいっと考えた。

「これを見つけた時、この手紙の主は何てそそっかしくていい加減なのかしらと思ったけれど、本当はそうじゃないのかもしれないわね」

「え……？」

「きっと、とても緊張していたのね。確認する余裕もないほどに」

　オーウェンさんはパッと顔を上げると、大して大きくない瞳をまん丸にして驚く。

「それは一体、どういう感情を表しているのかしら」

「あ……す、すみません！　まさかそんな風に言っていただけると思っていなかったもので」

　ターナトラーさんの時もそうだったけれど、端から見ればどちらが先輩だか分からない。年上に対し横柄な態度だと自覚はしているけれど、なかなか直すことができないでいる。

「あの……クアトラ様」

　ぐいっと目元を腕で拭うと、彼は恐る恐るといった雰囲気で私に問いかけてくる。

「僕の恋文は、そんなに酷いものだったでしょうか？」

「正直に答えても、もう泣いたりしない？」

「はい、しません」

切長の瞳をぐっと持ち上げ、唇を真一文字に結んでいる。私は彼の恋文を脳内に思い浮かべ、感じたことを率直に述べた。

「まず、好きな相手に渡す恋文があんな紙の切れ端なんてありえない。それに字だってもっと丁寧に書かなければ、送り主まで粗雑な印象を受けるわ。そもそも下駄箱にこっそり恋文というところから解せないわね。直接手渡せるような間柄にないのならば、余計に何か贈り物のひとつでもないと。私ならこんな恋文を貰った時点で、百年の恋も冷めてしまうわ」

ひと呼吸おくこともせずきっぱりそう伝えると、彼はまるで被弾でもしたかのような顔をして胸元を押さえる。

「もう少しふんわりと何かに包んだ言い方の方が良かったかしら」

「い、いえ。クアトラ様の仰る通りですので」

流石に二度は泣かないらしい。オーウェンさんは悲痛な表情を見せながらも、私の言葉を受け止めたようだった。

「僕、昔からこうなんです。本当にかっこ悪くて。一大決心をしてこれを彼女の下駄箱に入れたのに、まさか間違っていたなんて。ここまでダメだと、情けないを通り越して笑えますよね」

オーウェンさんが自嘲している様子を見ても、私はちっとも同情できなかった。

「それが分かっているのなら、貴方は自分を変えるべきだわ」

「……簡単にできることじゃない」

「そんなことは、私が一番よく分かっているわよ」

オーウェンさんに手を伸ばしかけたけれど、直前でやめる。私は仮にもユリアン様の婚約者だし、彼にも想い人がいる。不用意な接触はよくないだろう。

「ほら立って。いつまでもめそめそしていないで、しっかりしないと。これはチャンスよ。恋文を渡した相手がクリケットさんではなく私だったことは、ただの失敗ではないわ」

「クアトラ様……」

また面倒ごとに巻き込まれそうな臭いが、ぷんぷんする。だけどオーウェンさんは、まるで少し前の私のようで、どうしてもこのまま放っておくことができなかった。

決めたならば早速実行に移そうとした私だけれど、まず許可を取らなければならない人物がいる。

私は翌日、ユリアン様を呼び止め庭園にあるガゼボまでやってきた。

「アリスの方から僕に話だなんて珍しいね」

心なしか彼の表情は嬉しそうに見える。こうしているとつくづく、以前のあの彫刻の如き鉄仮面はどこへいったのやらと、誰にでもいいから問いたくなる。

「本日は許可をいただきたくて」

「許可？」

「しばらくある男性と関わることを、お許し願いたいのです」

そう口にすると、途端にユリアン様の顔から全ての感情が消え去った。そうそう、ユリアン様と言えばやっぱりこれよ。なんて、妙に懐かしく感じてしまう。

　昨日起こった出来事を全て話しても、未だに彼は渋い顔のまま。ターナトラーさんの二の舞にならぬようにと今回は事前に話を通したのだけれど、結局あまり良い顔はされないらしい。

「アリスってそんなにお人好しだった？」

「彼の為ではなく、私の為です。このまま終わるのはなんだか気持ちが悪くて」

「そんな男のことなど放っておけばいいのに。間違いとはいえアリスに恋文を渡すなんて僕だってしたことがないのに、ちょっと許せないな」

　何やらぶつぶつと文句を垂れながら、ユリアン様は私に近づく。琥珀色の髪を一房掬い取ると、視線を逸らさないまま見せつけるように口づけを落とした。

「君は僕だけのものだと、忘れないで」

「ユリアン、様」

「それを約束できるなら許してあげる」

　グレーの瞳に映る私は震えていて、それがどうしてなのか自分でも分からない。羞恥を誤魔化す為に無言でこくこくと頷けば、彼の唇は満足げに弧を描いた。

「その男と関わることを許可するけど、もちろん僕も同席する」

「それは申し訳ないですわ。私が勝手に」

「君が僕以外の誰かといるところを想像しただけで……僕は自分がコントロールできなくなりそう

なんだ」

　ユリアン様の色のない表情は、時に何より恐ろしい。彼は表情に出すことなく冷酷な判断を下せる気質なのだろうから、これ以上神経を逆撫でするのは流石に怖い。

「分かりましたわ。私のせいでユリアン様にご迷惑をおかけするのは忍びないですが、仰る通りですものね」

　私だって別に、あのまま放っておいたって良かったとは思う。だけどなんだか、何も変えられないと嘆くオーウェンさんがどうしても自分と重なって見えたのだ。

「そんなに悲しい顔をして、どうしたの？」

「いいえ、何でもありませんわ」

　ふいっと視線をそらし、もう話は終わったと示すように私は教室へ向きを変える。

「アリス、いつか君の……」

「えっ？」

「いや、行こうか」

　言いかけてやめた彼のその先の言葉を、私が追求することはなかった。

　午前の授業をつつがなく終え、私は取り巻きを連れてカフェテリアへとやってきた。

「ねぇ、サナ」

「は、はい」

「貴女は、男性からどんな風に愛を伝えられたら嬉しい？」

何気なく質問した瞬間、サナはあんぐりと口を開け、手に持っていたサンドイッチをぽとりと落とした。

「ちょっと何やってるのよ。大丈夫？」

「も、申し訳ございません！」

「謝ってもらう必要はないのだけれど」

サナだけではなく、私の周りにいる他の令嬢達も彼女と同じような顔をしている。今の質問、そんなにおかしかったのかしら。

サナの喉元が、ごくりと上下する。彼女は緊張した面持ちを見せながら、口を開いた。

「あくまで私の感情ですので、他の方がどうであるかは分かりませんが」

「ええ、構わないわ」

「言葉だけでなく、花束などあれば嬉しいです」

そういえば私、兄様達以外の男性から花どころか何か貰ったことなんてない気がする。誕生日の贈り物も、ユリアン様個人ではなく王室からという体だったし。今さらながら、私って本当に嫌われ令嬢だったのね。

「あ、あのアリスティーナ様」

無言で考え込んでいた私にサナが声をかけてくる。

「あぁごめんなさい。確かに花束を貰って喜ばない女性はいないわよね」

サナの意見に頷いてから、次に彼女の向かいに座っていた子爵令嬢に問いかける。サナ同様、明らかに体を硬くしながら「私は見つめられたいです」と答えた。

「恋文ではダメなのかしら」

「だ、駄目というわけではありません。もしも恋文だとしても、目を見て直接いただけたら素敵だな、と」

「確かに一理あるかもしれないわね」

こちらの意見にも頷く。次にその隣の伯爵令嬢。言わずもがな、魔女裁判にでもかけられているかのような面持《おもも》ちだ。

「あの……私はその方のありのままの気持ちが聞きたいです」

「ありのまま？　甘い愛の告白ではなく？」

「あ、あくまで私は……ですが。誠実な方に惹かれますので」

彼女達の意見が全てではないだろうが、とにかくオーウェンさんのやり方は全く宜しくない、ということだけは分かった。

「あ、あの」

一通り意見を聞いた後マフィンを口に運ぶ私に、サナが恐る恐る尋ねる。彼女はサンドイッチを落としてしまったから、次のサンドイッチを手に持っている。

「ア、アリスティーナ様はいかがですか？」

「私？　私は跪いてほしいわ。世界で何よりも私を優先すると、その命に誓ってほしいの。高価な宝石いっぱいのジュエリーボックスとともにね」

さも当たり前のように口にした途端、彼女達がしんと静まり返る。どうやらこの回答は、一般的ではなかったらしい。

「ア、アリスティーナ様ほどのお方にならば当然ですわよね！」

「も、もちろんです！」

「まったくその通りです！」

乾いた笑いで同調する皆の様子を、なんだか痛々しいと思ってしまう。こうまでしなければ、私のご機嫌はとれないのかと。いっそ全てを撥《は》ね除《の》け、一匹狼として過ごした方が彼女達の為だろうか。いや、私というよりもクアトラの名と繋がっておくことは、利点しかないだろう。だから彼女達はこうして、我慢して側にいる。

「い、色々と参考になったわ。ありがとう」

気恥ずかしさを隠しながらぽそりと呟けば、皆一様に幽霊でも見たかのような顔をする。そしてサナは再び、サンドイッチをぽとりと落としていた。

「あ、あのユリアン様」

「どうしたの、アリス」

そんな爽やかな顔をして首を傾げられたら、それ以上何も言えなくなってしまう。ユリアン様は必要以上に私にべったりと寄りそっていて、非常に歩きづらい。というよりも居心地が悪い。

何故こんなことになってしまったかというと、私がターナトラーさんに会いに行くと発言したから。学園内にいる今、簡単に花束は用意できない。以前彼が教師から優遇されていると言っていたことを思い出し、尋ねてみようと思い立ったのだ。

私のせいでターナトラーさんがまたユリアン様に睨まれるのも不憫《ふびん》なので、一応彼に了承を取った。その結果のこれである。

「君は僕のものだと、はっきり示しておかないとね。いつ悪い虫が寄ってくるか分からないから」

「……はぁ。そうですか」

学園に入学してから、彼の態度が益々おかしくなっている。一体どういう心境でこんなことばかり口にするのか、私には全く分からない。非常に歩きづらさを感じながら、ようやく辿り着いた教室。確かここで合っているはずだろうと、私は扉を二度ノックした。

「ウォル・ターナトラーさんはいらっしゃいますか？」

ノックの後変化が見られなかったので、私はそう声をかける。すると中から、何やらどたんばたんと騒がしい音が聞こえてきた。そしてすぐにがらりと扉が開く。

「クアトラ嬢！　お久しぶりです！」

余程急いだのか、彼の顔から眼鏡が半分ずり落ちている。良い表現を使えばふわふわとした髪を揺らしながら、瞳を輝かせていた。

「ご、ごきげんよう。ターナトラーさん」

「貴女から尋ねてくださるなんて嬉しいなぁ！　今、僕」

「んん！」

ユリアン様のわざとらしい咳払いのおかげで、彼はようやく私以外の存在に気付いたらしい。こんなにぺっとり張りついているのだから、普通はすぐ目に入るはずだと思うけれど。

「こ、これはストラティス殿下！　大変失礼致しました！」

ターナトラーさんは見事に慌てふためき、とうとう眼鏡が音を立てて落ちた。

「急に尋ねてしまってごめんなさい。今、少々お時間よろしいかしら」

「えっ、ぼ、僕ですか?」

「貴方以外に誰が居るというのよ」

相変わらず彼は変わり者だ。悪い人ではないことは分かるが、以前の私であれば絶対に関わらなかっただろう。

「難しいようなら日を改めるわ」

「い、いえ僕は構いませんが……そのぅ……」

ターナトラーさんは気まずそうな様子で、ちらりとユリアン様に視線を向ける。なるほど、彼はどうやらこの能面顔が恐ろしいらしい。私は落ちた眼鏡を拾い上げると、にこりと微笑みながらターナトラーさんに手渡す。そしてユリアン様をきっと睨めつけた。

「そんな顔をなさるなら、ここからは私一人で彼と話します」

「……アリス」

「それがお嫌でしたら、もう少し表情を和らげてくださいませ」

ユリアン様は実に渋々といった様子で、彼から視線を逸らす。そして今度は、ターナトラーさんの手中にある眼鏡をぎろりと睨みつけたのだった。

ターナトラーさんに事情を説明すると、彼は快く花壇を案内してくれた。

「気に入るものがあるかどうかは分かりませんが。なんせ僕の研究分野は薬草ですから」

そんな前置きと共にやってきた花壇だったけれど、今の時期は様々な種類の花々が美しく咲き誇っていた。

「まぁ、素敵。これはターナトラーさんが？」

「僕一人の力ではないですけどね。薬草を自由に育てる許可を貰った代わりに、花壇の水やりをしているくらいです」

先程落としたせいでヒビの入った眼鏡をかけているターナトラーさんは、言葉とは裏腹に自慢げな表情をしてみせる。この人って、よく眼鏡にヒビが入るわね。

花壇には小さなバラも植えられており、赤色に黄色に桃色にと、色とりどりで可愛らしい。

「バラの蕾《つぼみ》や花びらは、乾燥させるとお茶になるんです。血の巡りを良くしてくれるので、体の冷えにも効果があるんですよ。バラ茶は女性におすすめです」

「個人的には興味があるけれど、今はお茶になる花を探しにきたわけではないの。それにバラは、棘があって危ないわ」

バラをじっと見つめている私に気付いたターナトラーさんが、饒舌《じょうぜつ》に説明を始める。私はそれをやんわりと牽制《けんせい》しながら、花束に出来そうな花をいくつか見繕う。

「まぁ、これも可愛らしいわね」

しゃがみ込み花を選定している私の横では、何やら二人が話している。どうせいつものようにユリアン様がターナトラーさんに変な牽制でもしているのだろうと、たいして気にも留めなかった。

あらかた集め終わりふぅと溜息を吐きながら立ち上がると、何故かターナトラーさんが、そのくりくりとした丸い瞳いっぱいに涙を溜め、横に立つユリアン様を見つめていた。まるで神を崇拝する信者のごとく、英雄を見つめる無邪気な子供のごとく。先程まで怯えていたくせに、一体何が起こったのかしら。

「大丈夫。アリスが気にすることじゃないよ」

にこりと微笑むユリアン様が、何故だかとても王子らしく見えた。それと同時に、ターナトラーさんが彼の掌の上でくるくると踊っているような幻覚も。

「ありがとう。助かったわ」

「お二人のお役に立てて光栄です」

ターナトラーさんはにっこり笑う。笑顔は実に可愛らしいのだけれど、ヒビの入った眼鏡がそれを台無しにしている。謝礼も兼ねて、今度新しいものを贈ることにしましょう。

「アリス、そろそろ行こうか」

「そうですわね」

私が花を摘んでいる時は遠慮していたのか、ユリアン様は再びぴたりと私に寄り添う。ここを訪れた時とは全く違う表情で、ターナトラーさんは私達を熱く見つめていた。

「お二人は本当に仲がよろしいんですね！」

「は？　どこをどう見ればそんな風に……」

「ああ。僕達は互いに運命の相手だからね」

咄嗟《とっさ》に抗議しようとしたけれど、ユリアン様にぽんぽんと優しく頭を撫でられて、それ以上何も言えなくなってしまう。何だか面倒になってきたから、もう良いわ。

「クアトラ嬢。今度バラ茶をご馳走します」

「あら、それは楽しみ」

素直に口にした後、しまったと口元を押さえながら、ちらりとユリアン様に視線をやる。てっきり能面を発動させているかと思ったけれど、彼は何も言わずに優しく目を細めただけだった。

アイザック・オーウェンとウォル・ターナトラーの身体的特徴は、まったくと言っていいほどに異なっているのに、ユリアン様を前にすると皆一様に同じ表情をしてみせるのは、なぜなのか。どうやらターナトラーさんは克服したようだけれど、こうして目の前に立つことすら初めてであろうオーウェンさんは、せっかくの長身を丸めぷるぷると震えていた。

「最初に忠告しておくけどアリスは僕だけの」

「ユリアン様それはもうよろしいですわ！」

まったくこの人は、私と関わる男性全員にその前置きをするつもりなの？　大体、オーウェンさんには私が勝手にお節介を焼いているだけだと、再三説明したのに。

「オーウェンさん、これを見てください。私、先程花を集めて参りましたの。簡単なものではありますが、手ぶらよりはマシでしょう」

ターナトラーさんから案内された花壇の花でこしらえた花束に手持ちの布とリボンを巻きつけた、即席の贈り物。

「一体どうして君がここまで」

私が私物を使ったことが気に入らないのか、ユリアン様は隣でぶつぶつと文句を垂れている。距離が近いせいで、彼の身じろぎ一つにさえいちいち反応してしまう自分が、恨めしい。

「クアトラ様、何やら顔が赤いように見えますが……」

「きっと気のせいだから言わないで」

彼のことは良く知らないけれど、やはりアイザック・オーウェンとは思ったことをすぐ口にしてしまう性分らしい。

「くれぐれもクリケットさんには、私がこの花束を用意したと話してはダメよ」

「えっ、なぜですか？」

「当たり前でしょう……」

はあぁ、と盛大に溜息を吐いた後、私は改めて彼に花束を渡す。それから軽く髪を整え、背筋をまっすぐ伸ばせと助言した。

昨日別れの間際にはあんなに決意に満ちた表情をしていたのに、今日の彼はなんとも情けない。その姿を見ていると、段々と苛立ちが込み上げてきた。

「貴方、本当にクリケット嬢のことが好きなの？　私にはそう見えないわ」

「す、好きです！　僕はずっと、優しい彼女のことが……」

クリケット嬢の名前を出した途端、彼の視線が上向く。

「だったら勇気を出しなさい。クリケット嬢を愛《いと》しく思っているのが自分だけだと、過信しないことね」

「クアトラ様はいつも、言い方が手厳しいです……」

ぽそりと呟いたオーウェンさんの言葉を上手く聞き取ることが出来なかったけれど、途端に射殺《いころ》すような視線を放つユリアン様の表情からして、大方悪口でも言ったのだろう。仕方がないから、流してあげるわ。

「アイザック・オーウェン」

「は、はいぃ！」

むすりと黙りこくっていたユリアン様が、口を開く。オーウェンさんはたちまち、まっすぐ地面に刺さった木の棒のようになった。

「アリスの言動には嘘偽りがない。そんな彼女は、君ならきっと成し遂げるはずだと僕に言った」

「ストラティス殿下……」

まるでデジャヴだわ。私の中で再び、アイザック・オーウェンとウォル・ターナトラーが重なった。きらきらしい瞳でユリアン様を見つめ、心なしか血色まで良くなっているような気がする。

「ストラティス殿下、クアトラ様。お二人の貴重な時間を僕の為に割いていただき、本当にありがとうございました！　このアイザック・オーウェン、家名に賭けても立派に成し遂げてみせます！」

びしぃ！　と音がしそうなほどの敬礼を見せたオーウェンさんは、花束を握り締め駆け出した。みるみるうちに小さく消えていく彼の背中を見つめながら、私は隣を見ることなく問いかける。

「私、ユリアン様にそんなこと言いましたかしら？　オーウェンさんなら……などと」

「さぁ、どうだったかな」

彼は悪びれもせずしれっと答えると、満足げに喉を鳴らした。


今日も今日とて、つつがなく授業を終えた日の放課後。当たり前のように私の元にはユリアン様がやってくる。

「お似合いです！」

「美男美女です！」

「殿下の婚約者に相応しいのはクアトラ様だけです！」

などなど、もはや聞き飽きた賛辞の数々を涼しい顔で受け流す。最近気づいたのだけれど、ユリアン様は私と関わる以外では、割と以前の冷たい雰囲気のまま。そんな彼は、私を見つけるとふわりと微笑み、嬉しそうに片手をあげる。

この間は、周囲から様々な意味で恐れられているような女のどこがそんなに良いのだろうと、見知らぬ令嬢達がこそこそと噂しているのを偶然耳にした。悪口は腹立たしいが、詰め寄り怒鳴りつけるほどでもない。そんなことよりも、この学園内にはびこる階級苛めを見る方がよっぽど気分が悪い。むしろ、以前はそれを扇動していた立場だというのに。その性分が災いして惨めに死んだから、今度は真っ当に生きますだなんて、虫の良い話だと自分でも思ってしまう。だからどうしても、正面きって止めることができずにいたのだった。そしてその結果、日を追うごとに私的な『おもちゃ』が増えていく、という悪循環はなんとかしたいところだ。

「あの……ユリアン様。最近少し、距離が近いのではないでしょうか」

過去の私は、男性のだの字すら知らないままに死んだ。プライドが高山並みだった為に、ユリアン様以外の男性など考えたこともなく、結果まともに手すら握られないまま生涯を終えてしまった。

だからユリアン様にこうして『触れ合い』をされる度に、心臓が余計に仕事をしてしまい非常に落ち着かないのだ。

好き嫌い以前に、彼は理想の外見そのもの。その上今のユリアン様は、歳を重ねるごとに私に甘く優しくなっていく。

「学園の秩序を保つ為には、もっと節度を持って……」

「そんなものを律儀に守っていたら、アリスをあっという間に横から奪われてしまう」

憂いの溜息と共に吐き出された言葉に、こちらの方が溜息を吐きたくなった。

「残念ながらそんなもの好きは居ません」

「駄目だよ。最近の君はあまりにも無防備過ぎる。学園に入ってからは特に」

「私はいつだって鉄壁の守りですわ」

ふんと鼻を鳴らして抗議すれば、ユリアン様は優しげに目を細める。

「君の性格の悪さに隠れた魅力を、周囲の男達に振り撒きすぎだよ。出来れば僕以外には優しくくしないでほしい」

「優しい？　どこが」

「分からせてほしい？」

彼はいつもそうしているように、私の琥珀色の髪を長い指で掬い取る。グレーの神秘的な光に捉えられると、たちまち私は魔法にかけられてしまう。

「ふふっ、真っ赤な君も可愛いね」

「も、もう！」

挑発的な笑みを浮かべる彼に、私は口先を尖らせてみせるのが精いっぱいだった。

「君は今からどうするの？」

「大講堂で自習でもしようかと」

「僕も一緒に行こう」

貴方はそんな必要はないのでは？　という台詞は心中に留めておく。余計なことを喋《しゃべ》れば、またどんな辱めを受けるか分かったものではないのだから。大体、ここは紳士淑女を育てる神聖な場とされているはず。手本となるべき国の王子が、いくら婚約者といえど人前でべたべたとして、評判に関わらないのだろうかと心配になる。

まぁこの学園の実際の内情は、金を積めば積むだけ待遇が良くなるという傲慢貴族の温床だけれど。ちなみに心配というのは、あくまで一般的なそれだ。決して個人的に彼を案じている訳ではない。そう、断じて違う。

それに、あと数年もすればきっと以前と同じようにチャイ王女がこの学園にやって来る。その時私とユリアン様が仲良しなどという噂が広まっていたら、チャイ王女との婚約結び直しの弊害となるかもしれない。

そう。私が彼から離れる未来は、もう遠くない。先々のことを考えるのならば、今の悪役令嬢というポジションはちょうど良いのかもしれないと、ぼんやり考えた。

ぢくりと痛む胸を誤魔化したくて、さりげなくユリアン様から距離を取れば、すぐさまくっつかれる。そしてまた離れ、すぐにくっつかれ……という、なんとも滑稽な流れを繰り返していると、不意に名前を呼ばれた。

「呼び止めてしまい申し訳ございません。クアトラ様」

可憐な声でそう口にするのは、クリケット子爵家の令嬢リリナンテ・クリケット。あのアイザック・オーウェンの想い人。彼女とは、今までしっかり顔を見て話したことはなかった。

暗めの髪と瞳の色。控えめで大人しそうな、可愛らしい雰囲気の令嬢だ。公爵令嬢に自ら喜んで声をかけるタイプには見えないので、話の内容は十中八九あれだろう。

「あの……彼から聞きました。私達のことで、クアトラ様には大変なご迷惑をおかけしたと」

「そうね。間違ってはいないわ」

「私からもお詫び申し上げます。本当に申し訳ございませんでした」

他の大多数の生徒達と同じように、彼女も私を前にして小刻みに震えている。けれど小さな両手を胸の前でぎゅっと握り、その瞳はまっすぐにこちらを見つめていた。

「クアトラ様のおかげで、私達その……ええっと……」

薄くそばかすの散った頬は薔薇色で、震えの理由はどうやら緊張と恐怖だけではないようだ。私は腕を組み、あくまで尊大な態度を崩さない。こうでもしていないと、心の声が顔に出てしまいそうだ。

——成功したのね！　なんてことなの！　素晴らしいわ！

「私はただ、退屈凌《しの》ぎに少しちょっかいをかけただけよ。礼を言われることはしていないわ」

「はい。申し訳ございません……」

明らかにしゅんと項垂れる彼女を見て、私の中の何かがうっと刺激された。

「だけど貴女、これからが大変よ。貴族令嬢は自分で婚約者を決めることはできないのだから」

「は、はい。理解しております」

「だけど一人で背負う必要はないのだから、良かったわね」

ちらりと柱の陰に視線をやる。私に気付かれたことに気が付いたオーウェンさんは、こちらに向かってびしりと勢いよく敬礼をしてみせた。敬礼の意味が分からないけれど、触れずにおきましょう。

これはきっと、クリケット嬢の配慮だろう。特定の男性と教室以外で何度も顔を合わせ会話をすることは、婚約者を持つ私にとっていい方向に働かない。だからあそこで、彼はひょろりと立ち彼女を見守っているという訳だ。なるほどクリケット嬢は、見た目よりもずっとしっかりした女性なのかもしれない。

「話が終わったのなら、失礼するわ」

「あっ、はい。ストラティス殿下、クアトラ様。貴重なお時間を割いていただき本当にありがとうございました。彼もくれぐれも感謝の気持ちを、と何度も口にしていました！」

「そう」

ひらりとスカートを翻し、私は彼女と柱に背を向ける。いくらか歩いたところで、ユリアン様がそっと私に耳打ちしてきた。

「喜んでるアリスも可愛い」

「秩序！　学園の秩序を！　保ってくださいませ！」

顔を真っ赤にさせて反論したところで、彼には少しのダメージも与えられなかった。

学園に入学してから、あっという間に二年が過ぎた頃。

十五になった私達の関係は、相変わらずだった。つつがなく授業を終えた日の昼下がり。爽やかな春の光が、琥珀色の髪をきらきらと照らす。男子生徒達のスポーツ交流に参加していたユリアン様を、私はベンチに座りぼうっと眺めていた。

手持ち無沙汰だった為に、リリから届いた手紙を眺めて過ごす。ちなみにこの学園に入学してから、彼女からは何通もの手紙を貰った。けれどお母様からは一通もない。休暇の度に、そのほとんどを私は実家ではなくユリアン様の屋敷で過ごしている。いけないとは思いつつ、リリの居る空間の心地よさには勝てない。そう、私はリリに会いに行っているのよ。他の意図なんて、何一つないんだから。

「アリス」

「ユリアン様。お疲れ様でございました」

「何を見ているの?」

「リリからの手紙です」

彼は益々洗練された麗しい美少年へと成長を遂げ、隣に立つ私もそれに遜色《そんしょく》がない美少女である。相変わらず学園内では悪役ポジションであり、取り巻きは大勢いても気軽に話せる友達は出来ないまま。

けれど不思議なことに、以前と違うのは私に一定数の『信者』がいるということだ。それは多分、未だにせっせと『おもちゃ』作りに勤《いそ》しんでいるせいだろう。彼ら彼女らは、クアトラという名のおかげで理不尽に暴力を受けることが少なくなったと、陶酔しきった瞳で私を見つめる。

まるでゲームの攻略法を知ってから挑戦しているような、謎の罪悪感。そして私の元々の性分もあり、お礼なんて要らない、勘違いするなと突っぱねてしまうわけなのだけれど。

ユリアン様はそんな私に常に寄り添い、一言ふたこと付け加えている。彼も決して私以外には愛想のある人ではないけれど、第二王子のお言葉は絶大らしい。

大多数の評価は傲慢で高飛車、一部では女神と呼ばれる、何とも不思議な令嬢が出来上がっている。ちなみに、取り巻きのサナ達をはじめ、さまざまな生徒がご機嫌取りの為に「あの人やその人がクアトラ様のことを傲慢で高飛車と言っていました！」とご丁寧に教えてくれるので、私は自身の悪評を完璧に把握しているというわけだ。

ちなみに今のユリアン様は私にべったりで、生徒会にも入っていない。

「クアトラ嬢、お久しぶりです！」

二年前よりも少しだけ背丈の伸びた丸眼鏡の男子生徒、ウォル・ターナトラーが私に向かって駆けてくる。先日隣接する王立大学に入学したばかりだというのに、何かにつけてはこちらに来ている様子。ちなみに、彼が身につけているぴかぴかの金縁の丸眼鏡は私がプレゼントした……もとい、私とユリアン様がプレゼントしたものだ。二個目？　いや、三個目かしら。

「ターナトラーさん。大学での生活はどうですの？」

「ここよりも貴族意識が薄くて実力を見てくれるので、ずっとやりやすいです。それに、大学には僕の憧れていた教授がいらっしゃって、彼の講義を受けられるのがもう本当に嬉しくて」

「それはよかったわ」

薄く微笑めば、ターナトラーさんは何やらもごもごと言い淀む。

「ですがあっちには貴女がいないので、僕は……」

「これはこれはターナトラーさん。お元気そうで何より」

背後からぬっと現れたユリアン様は例によって私の腰を抱き、彼に挨拶をしてみせる。表情は至って普通に見えるけれど、ターナトラーさんは飛び上がらんばかりの反応をした。

「あ、あはは！　相変わらずお二人が並ぶと絵になりますね！」

「それはどうも」

慌てふためくターナトラーさんを見ながら、私は冷たく目を細めた。そうやって大袈裟《おおげさ》に動くからすぐに眼鏡を壊すのよ。二年経っても彼は騒がしい。もう既に立ち去ったというのに、まだ声が残っているように感じる。

「アリスは彼のことを気に入っているね」

「それは勘違いですわ。普通に会話をしているだけです」

「どうだか。やっと大学に行ったと思ったのに、何しにここに来るんだ」

むすりとしたようにそう言って、ユリアン様は私の頭の上に顎を乗せた。

「重いです！　やめてください！」

「それは僕の君への気持ちのことを言っているの？」

「そうではありません！」

大きく身を捩って抵抗してみせると、彼は子供のように唇を尖らせた。

「アリスが昔僕に言ったんだよ？　想いは口にしないと伝わらないって」

「ユリアン様は距離が近いのです！」

「これでも随分我慢してるんだけど」

しれっと言ってのける彼を見ていると、顔を真っ赤にしながら怒っている自分がなんだか馬鹿らしく感じてくる。私は盛大に溜息を吐き、そしてふと無意識に表情が曇った。

「ユリアン様は、本当の私をご存知ないのです。知ればきっと、同じ台詞は言えませんもの」

「アリス」

「私は、ズルをしているのですから」

言うつもりのなかったことを口走ってしまい、とっさにユリアン様の顔を覗く。彼の瞳が哀しげに揺れる様を見ていられず、ふいっと視線を下げた。

「ごめんなさい、気になさらないで」

「ねぇアリス、聞いて」

力なくだらりと下がっている私の手に彼の指がそっと触れ、思わずピクリと反応する。

「君が昔からずっと、何かに悩んでいることも知ってる。それが気軽に聞けるものではないということも」

「ユリアン、様」

「僕は君のことが、凄く好きだ。これだけは、何があろうと揺るがない」

その瞬間、私に触れている彼の指が熱を持ったような気がして。切なさに胸が焼き切れてしまいそうだと思う。

五歳の姿に戻ってから、もう十年が経つ。今日初めて、真正面からユリアン様に想いを告げられた。……ああ、どうして。曖昧なままなら、もう少しだけ側にいられたかもしれないのに。

今の私は、貴方の気持ちを受け入れることは出来ない。だって、嘘の自分だから。チャイ王女の顔を見た瞬間、また昔のアリスティーナに戻ってしまうかもしれないことが、何よりも恐ろしい。ユリアン様の為なら死んでも構わないなんて、そんな風には思えない。私は、私が一番大切なんだもの。

「泣かないで」

「泣いてなどおりません」

これ以上彼に触れていることができなくて、私はそっと身を翻す。

「もう、行きますね」

「……好きだよ、アリス」

背中越しにもう一度思いを告げられ、私は必死に声を押し殺しながら、一筋の涙を零した。

第六章 運命の妖精、遂に現る

あの日から数日、ユリアン様とは気まずい雰囲気のまま。

実際は私がそう感じているだけで、彼の態度は至って普通。いや、普通にしてくれていると表現した方がきっと正しい。

今までさんざん、悩み、苦しみ、もがきながらも、周りの人達に助けられてきた。変わりたい、変わろうと努力してきたつもりでも、結局アリスティーナ・クアトラという人間の本質は、何一つ変わっていないのかもしれないとも思う。私は、これから起こるだろうことから自身を守ろうと、ユリアン様を傷つけているのだから。

飄々《ひょうひょう》としていて掴みどころがなくて、変わり者。だけど本当は優しくて寂しがりな、あの人を。

「神様がくださったこの時間に、何か意味はあるのかしら」

ぼそりと呟けば、私の側にいた取り巻きの一人が首を傾げた。

「アリスティーナ様！」

そんな時、サナが焦った様子でこちらに駆けてくる。はぁはぁと全身を使って呼吸をしている彼女に、私は声を掛けた。

「まぁ、大丈夫なの？　そんなに慌てて一体どうしたというの」

「私先程、先生方が話してらっしゃるのを偶然耳にしたのですが」

その瞬間、ぶわっと体中の血管が沸騰するような感覚に陥る。血相を変えた私を見たサナは、胸に手を当て呼吸を整えながらこちらを見つめた。

「アリスティーナ様、もしかして既にご存知なのですか？」

「い、いいえ。何のことか分からないわ」

上手く白《しら》を切れているだろうか、全く自信がない。

「今日この学園に、隣国の王女が編入してくるらしいのです」

「……隣国の王女？」

「チャイ・スロフォン王女殿下だと」

その名前を聞いて膝から崩れ落ちそうになるのを、何とか堪える。何故か以前よりも一年早く、彼女は私の前に姿を現すらしい。

ユリアン様が、幼少期隣国へ留学していた時もそうだった。彼はそこで既にチャイ王女に出会ったと言っていたけれど、その時彼女の中で何らかの変化が起こったということなのだろうか。

「アリスティーナ様？」

「ごめんなさい。少し考え事をしていたの」

明らかに変わった私の様子を見て、サナが案じるような仕草をする。私を怖がるばかりだった彼女も、今回はどうやら少しずつ私への評価が変化しているらしい。

「早速今日この後、大講堂にて歓迎の式が開かれるようです」

「そう」

たった一言呟いて、私はまた口を噤《つぐ》む。サナや他の令嬢達は戸惑っているようだけれど、今はそれを気遣う余裕もなかった。

落ち着いて、大丈夫よ。一年早く彼女と会うからといっても、取るべき行動は決まっているのだから。彼女とはなるべく関わらず、手を出さず、そしてもしユリアン様と彼女が近づくようなことがあったら、黙って身を引く。チャイ王女が善人であろうとなかろうと、たとえ彼が嫌な思いをしたとしても、それは私には全く関係ない。

――僕は君のことが、凄く好きだ。

掠《かす》れた声と、切なげな瞳。私のことが愛おしいと、あの時触れた指先から彼の想いが流れ込んできた。

「……駄目よ、アリスティーナ」

気を抜けば今にもあの人の元へ駆け出してしまいそうになる体を、必死に抑えつけ。

「さぁ。行きましょうか」

私はサナ達に向かってにこりと微笑んだ。

「ようこそ、チャイ王女殿下。ルヴァランチア王立学園へ。生徒そして教師一同、貴女様のご入学を心より歓迎致します」

学園長が口髭をピクピクと動かしながら、チャイ王女に満面の笑みを向けている。

「こんなに歓迎していただいて、とても嬉しいです。ですが、特別扱いをされると困ってしまいます。私は、こちらで学ばせていただく身なのですから」

以前、十六の時にも私はこの空間にいた。まるで、お伽話から飛び出してきた花の妖精のよう。肩までのプラチナブロンドの髪は、ふわふわとして歩くたびに可愛らしく揺れていた。

ストラティスの王族と同じ、金髪碧眼。それは小さい頃ユリアン様が、きっと欲しいと思っていたもの。くりくりとした大きな瞳を縁取る睫毛も、彼女が瞬きをするたびに音を立てそうなほどに長い。真っ白な頬は緊張からかほんのりと赤く染まり、華奢な手脚は絶えずパタパタと動いている。

彼女の頭のてっぺんから足の先まで何もかもが、私の知るまま。けれど次の瞬間に起こした彼女の行動は、私の記憶の中には決して存在しないものだった。

「ストラティス殿下！」

大講堂の壇上にいたチャイ王女は、大勢の生徒の中からユリアン様を見つけると、嬉しそうに笑みを浮かべながら、あろうことか壇上から降り彼に駆け寄ったのだ。

「お久しぶりです、ストラティス殿下！　ティンバート王国では、大変お世話になりました」

「スロフォン王女殿下」

「貴方のいらっしゃるこの学園に入ることができて、私本当に嬉しいです！」

さして表情に変化のないユリアン様と比べ、チャイ王女は全身で可愛らしく喜びを表現している。彼女がちらりとこちらに視線をやった気がしたけれど、それもすぐにまたユリアン様に注がれた。

その光景に私だけでなく、この場にいる誰もが驚いている。ざわざわと騒めく生徒達を、学園長が適当な言葉を見繕い強引に諫《いさ》めた。側にいたサナ含め令嬢達数人が、私を気遣うようにちらちらとこちらを見ている。内心では動揺で心臓が震えていたけれど、私は顎をつんと上げ平静を保っていた。


テラスにて昼食を摂りながら、私は空に浮かぶふわふわとした雲をぼうっと見つめている。きっと周囲の生徒達には、私が静かに憤《いきどお》っているように見えているのだろう。実際の感情は、少し違う。憤っているのではなく、単純に疑問に感じていたのだ。

私は、チャイ・スロフォンについて詳しいわけではないけれど、以前の彼女は、誰にでも分け隔てなく優しかった。ユリアン様にだけ特別親しく接していたようには見えなかったし、あくまで彼女は婚約者である私を気遣っている風だった。本性は違ったのかもしれないけれど、少なくともそう振る舞っていた。もしかすると、私やユリアン様が変わったようにチャイ王女の性格も以前とは変わっているのかもしれないと、風の流れに合わせて変化した雲を見つめながら思った。風が吹けば雲もその様を変えるのだ、と。

「それとも、あれが『素』なのかしら」

「あ、あの……アリスティーナ様……」

パンを握り締めたままぶつぶつと呟き、一向に食べようとしない私に、サナが遠慮がちに声をかけてきた。

「その……大丈夫ですか?」

「それはなんのことかしら」

「今朝の、スロフォン王女の……」

あぁ、皆私が怒っていると思っているのね。

「平気よ。ありがとうサナ」

さらりと感謝の言葉を口にした瞬間、その場の空気がぴしりと固まったように感じられた。まるでいつぞやの再現のように、彼女は口をあんぐりと開けたまま、手にしていたサンドイッチをぽとりと落とす。そんな彼女に、まだ手をつけていない自分のパンを差し出せば、まるで見てはいけないものを見たような顔で、そのまましばらく固まっていた。


それからのチャイ王女の攻めは、それはそれは凄まじいものだった。妖精のような可愛らしい仕草で、ユリアン様にぴたりと寄り添う。

「ユリアン様。今日も学園内を案内していただけませんか?」

「ユリアン様。私、母国から貴重なお茶を持ってきたのです。ぜひ一緒に」

「ユリアン様。もっとこの国のことを私に教えてください」

呼称が「ストラティス殿下」から「ユリアン様」に変わるのに、半日もかからなかった。

彼女の態度には嫌味がなく、他の生徒達にもひらひらと手を振り応《こた》えている為、多少大胆な行動をしていても、大多数の者は彼女を好意的に見ていた。『スロフォンでは相手の体に触れることは、男女関係なく友好の証』などという嘘か本当か分からない理由でも、皆が納得する。特に、男子生徒や男性教諭は。私がこの学園に二年以上いて築いた立場は全く大したことがなく、簡単に彼女に奪われた。

ユリアン様の評判は、良くも悪くもない。ただ、貴族の間ではマッテオ殿下の能力があまり評価されていないので、相対的に彼に期待が込められるといったところ。特に数年前、ティンバートに留学したことが随分プラスに働いているようだ。

「チャイ王女の方が婚約者として相応しいような気も」

「隣国の王女と結婚となればストラティス殿下がより力を持ち、マッテオ殿下の治世も安定するのでは」

「それにあのお可愛らしさだ、きっと虜にならない者はいない」

生徒達がそう囁き合っている場面に、何度か遭遇したこともある。ただ、今回は全ての人達がそうというわけでもないらしい。

「ストラティス殿下にはアリスティーナ様という正式な婚約者がいらっしゃいますのに、チャイ王女殿下の行動は目に余りますわ！」

「まったくです！　アリスティーナ様が寛大なのを良いことに、益々エスカレートしているんですもの！」

「遠慮なさらず、私達になんでも仰ってください！」

サナを筆頭に、取り巻きとしていつも側にいる令嬢達が、まるで自分のことのように憤慨《ふんがい》しているのを見て、流石の私も驚いてしまった。

「何故、そんな風に怒ってくれるの？」

「当たり前ではないですか！　アリスティーナ様はいつも、私達を守ってくださいましたから」

そんな風に表現され、私は頭の中で過去を回想してみる。他の令嬢達からの嫌味に応戦したり、私のものに手を出すなと牽制したことはあったけれど、まさか……あれのことなの？　そういえばいつから、彼女達は怯える表情ばかりではなくなったのだろう。

「私達は何があっても、アリスティーナ様の味方です」

力強く頷かれた瞬間、私はぐっと上を向いた。こうでもしなければきっと、情けない顔で泣き出してしまいそうだったから。

「……それは頼もしいことね」

そっけない声で、ただそれだけ。けれど控えめな笑い声が聞こえ、私はまた溢れそうになる何かを必死で堪えた。彼女達のおかげで、私の中にあった小さな小さな火種が、発火することなく燻《くすぶ》り消えていく。自分が一人ではないと思えることが、こんなにも胸を熱くしてくれるものだなんて思わなかった。

今の私は、孤独ではないと知る。捻くれた性格のせいで、誰かを心底信用することはまだ怖い。けれど改めて、同じ道だけは絶対に辿らないと決意を固めたのだった。


チャイ王女が現れたことにより、ここ数日私達はろくに言葉も交わせていなかった。というよりも、こちらから意図的にユリアン様を避けている面もある。無表情とはいえ、チャイ王女の隣に立つ彼の姿を、見たくなかった。自分勝手と言われようが、それが本音。私の気持ちはもう、誤魔化しきれない限界のところまで膨れ上がっていた。

「アリス」

校舎の吹き抜けの下を歩いていると、突然誰かに手を引かれる。一瞬驚いたけれど、すぐに誰だか理解した。

「ユリアン様」

「やっと君に触れられた」

彼はほうっと溜息を吐くと、私の肩に頭をもたれる。恥ずかしさに身を捩らせたけれど、背中が壁についていて上手く身動きが取れなかった。

「会いたかった」

「毎日お会いしていますわ」

「こんなの、会っているとは言えない」

拗ねたような物言いをするのがなんだか新鮮で、ついくすりと笑ってしまう。

「距離が近いですわ。少し離れてくださいませ」

「嫌だ」

「き、今日のユリアン様は幼子《おさなご》のようです」

照れが先行し、可愛くない言葉しか口にできない。こんな時彼女ならば男性が喜ぶ言動ができるのだろうと思うと、ちくりと胸が痛んだ。

「スロフォン王女は非常識だ」

「そんなことを仰ってはいけません。彼女を丁重に扱うようにと、王妃様直々に言われているのでしょう？」

「だけど、僕の婚約者はアリスただ一人なのに。何度そう言っても、彼女は理解しない」

チャイ王女も第四王女である為はっきりとは言えないけれど、王妃様はあわよくば彼をスロフォンに追いやろうとしているのかもしれないと、邪推《じゃすい》してしまう。そしてそう考えているのは、ユリアン様も同じ。彼は私の肩に額をつけたまま、するりと指同士を絡ませた。

「あ、あああのユリアン様……っ」

「あの人は……王妃様は僕のせいで、濡れ衣を着せられた。だから今まで、何を言われても逆らおうとは思わなかった。君との婚約も、初めはあの人が言い出したことで、そこに僕の意思はなかったんだ」

抑揚のない、くぐもった声。けれど彼の指先は熱く、その熱が私にまで伝染していく。

「だけど、今は違う。僕は、アリスが好きだ。君以外の誰かと、一生を誓う気はない」

「チャイ王女は、魅力的な方です。それにユリアン様の今後を思えば、悪評まみれの私よりも、人望も地位もある彼女と結婚する方が……」

その先は聞きたくないと、そう言いたげに。ユリアン様の指先にぎゅっと力が込もる。私の肩にもたげた頭をゆっくりと起こし、彼はただじっとこちら見つめる。輝くグレーの瞳に映し出された私の体が、ゆらゆらと揺れていた。

「僕の気持ちを知っているくせに、君は意地悪だね」

「……私の性格が悪いのは昔からですわ」

ぷいっと顔を逸らすと、ユリアン様は小さく笑う。

「そうだね。君は意地っ張りで素直じゃなくて、世界一可愛い僕の婚約者だ」

気を許したような甘い声色に、泣いてしまいそうになるのをぐっと堪える。ユリアン様は再び、私の肩にことりともたれかかった。

「……重いです、ユリアン様」

「うん、ごめんね」

私達はそれ以上言葉を交わすことなく、しばらくそうして、二人で身を寄せ合っていた。

私の心は、決まっている。張り裂けそうな胸の痛みよりも、たった一人の牢獄の方が何倍も辛い。揺らぎそうになる感情を必死に抑えながら、ある日私はユリアン様とチャイ王女が並んで歩いているところに、声をかけた。相変わらず、チャイ王女は彼にべったりのようだ。いくら他国の王女とはいえ、それをはっきり拒否しないユリアン様に一瞬苛立ちが募ったけれど、私にそんな権利はないと自身を諫めた。

「まぁ、クアトラ様！　私ずっと、貴女とお話がしたかったのです」

ユリアン様よりも先に、チャイ王女が反応を見せる。滑らかな指先が私の手を取り、同時に彼女はにこりと可愛らしく微笑んでみせた。

「チャイ・スロフォンと申します。ご挨拶が遅れてしまって申し訳ございません」

「いえ、こちらこそ。私はクアトラ公爵家の長女、アリスティーナ・クアトラと申します」

「もちろん存じていますわ。クアトラ様はとても有名な方ですもの」

可愛らしく笑ってみせるチャイ王女に、どことなく違和感を感じる。こんなに、性格の悪そうな話し方だったかしら。やっぱり、妖精の皮を被った性悪猫だったの？

あの日。罪を糾弾《きょうだん》されていた私を、唯一最後まで庇っていたのは、チャイ王女ただ一人。あれが演技だったのか、それとも根っからの善人なのか、未だに判断がつかないまま。

「クアトラ様には謝らなければと思っていましたの。ここ数日、ユリアン様をお借りしてしまって」

「……いえ」

嫌味な言い方。まるで以前の私みたいだわ。

「ユリアン殿下。私、チャイ王女と二人で少し話がしたいのですが」

「それは駄目だ」

「……何故ですか?」

厳しい表情で即答する彼に、ずくりと感情が沈む。

「顔色が良くない。今すぐ僕と一緒に医務室へ行こう」

「そんな必要はありませんわ。私は王女と」

「アリス、お願いだ」

ユリアン様が私の手首を掴み、それを振り払おうともがく。彼がどうして、こんなにも頑なな態度なのかが分からない。分からないから、腹が立って仕方がない。

「お二人とも、落ち着いてくださいませ」

ふわりと甘い香りが鼻をくすぐった瞬間、チャイ王女は彼が私に触れている方の手に、自身もそっと触れた。驚いてぱっと手を引く彼を見て、まるで花が綻《ほころ》ぶように彼女は微笑む。

「クアトラ様。今日はユリアン様の言う通り、お体を大切になさって。また後日改めて、ゆっくりお話をいたしましょう」

「……チャイ王女」

「ユリアン様、また明日お会いできることを楽しみにしておりますね」

完璧なカーテシーをしてみせると、彼女はひらりと身を翻し、護衛と共に去っていった。行動の意図が分からず戸惑う私の目の前を、まるで彼女の残り香に誘われたように、一匹の美しい蝶がひらひらと舞っていた。

その後、ユリアン様は言葉通り私を医務室へと連れてきた。幾つか並んだベッドの一つに案内され、その側に置かれた椅子に当然のように彼が腰掛ける。

「こちらでなくとも、部屋へ戻りますわ」

「駄目だ。僕が入れない」

養護教諭が何の気を利かせたのか、ベッド周りのカーテンを閉めたせいで、簡単に二人の空間ができてしまった。つくづくこの学園は、高位貴族に優しい世界だ。

「大丈夫？　水を持ってこようか」

ベッドに横になった私の側で、ユリアン様は甲斐甲斐《かいがい》しく世話を焼いてくれる。私は首を振り、半ば無意識に彼の方に手を伸ばした。

「アリス……?」

「私はずっと、自分が不幸にならない道を辿っています。それはこれからも、変えるつもりはありません」

それだけ口にして、ふいと目を逸らす。おさめようと引いた手は、彼の指に絡め取られた。

「ユ、ユリアン様」

「お願いアリス、僕から離れていかないで。君が居なくなったら、僕は……」

掠れた声色が、私の涙腺を刺激する。最近、こんなやり取りばかりだ。らしくないし、暗くて哀しい感情が心を覆う。

「チャイ王女はきっと、貴方の望む未来をくださいます」

「そんなもの、僕はほしくない」

彼の声色には苛立ちが含まれていたけれど、グレーの瞳が湛《たた》えているのは、怒りではなく哀しみの揺らぎだった。

ユリアン様は私の手を握り締め、そっと引き寄せる。彼の体温が体中に流れ込み、溶け込んでいった。

「君は一体、何に怯えているの? まるで、僕には見えないものが見えているみたいだ」

「私、私は……」

微かに震えはじめた私に気づいたユリアン様が、ゆっくりと優しく頭を撫でる。窓から差し込む夕陽に照らされた彼の髪は、とても神秘的だった。

「ごめん。焦らないと言ったのに」

「……謝らないでくださいませ」

「誰を敵に回そうとも、僕がアリスを守りたい。その為に、できることは何だってやるよ」

その言葉に思わず体を起こすと、ユリアン様は安心しろとでも言わんばかりに小さく微笑んだ。

「嫌な思いばかりさせてごめん。君という婚約者がいながら、今は側にいられなくて」

「……別に気にしておりません」

「僕を信じて、どうか待っていて」

違う、二人の仲が深まることを望んだのは私。彼が私との婚約を解消して彼女を選んだとしても、決して恨んだりしないと心に決めたのよ。もしもユリアン様がスロフォンに行ってしまえば、二度と関わることもなくなる。そうすればもう、私はあの結末に怯えることなく過ごせるし、ユリアン様はきっと私と居るよりも、幸せになれる。けれど、だから。

「ですから、私は……」

どうしても、答えることができない。そんな私の頭を、彼はただ優しく撫でるだけだった。

数日後、王女から呼び出しを受けた私は、やや緊張の面持ちで指定された場所へと向かう。

学園内のカフェテリアテラスにそぐわない、ズラリと並んだ護衛達。まるで私がこれから彼女に何か危害を加えるのではと、端から警戒しているように感じられた。

「ごきげんようクアトラ様。二人でゆっくりお話がしたいとずっと思っていたのです」

人払いをしたのか、他の生徒は誰も居ない。一人優雅に紅茶を嗜むチャイ王女は、相変わらず花のように愛らしかった。くるりとカールした長い睫毛に縁取られた、潤んだブルーの瞳は本当に綺麗。初夏の風にふわふわと揺らされている金色の髪も、思わず触れたくなってしまう。

けれど、私には分かる。彼女は確実に、前の彼女とは違っていると。

「どうしてそんなに怖い目をなさるの？　せっかくの美しい顔が台無しです」

「申し訳ございません、チャイ王女。元々こういう造りなのです」

「まぁ、面白い」

高く可愛らしい声でおどけてみせるのは、わざとなのか。今のチャイ王女はどうもいちいち、神経を逆撫でしてくる。気付かれないよう深呼吸を数度繰り返した私は、促された席に静かに腰を下ろした。

「学園での生活には慣れましたか？」

「ユリアン様が色々と教えてくださるおかげで、何の不自由もありません」

「それは良いことです。ルヴァランチアはとても素晴らしい国ですから。もっとも、女性主権の美女大国と謳われるスロフォンには敵わないでしょうが」

にこりと綺麗に微笑んでみせると、彼女の手にあるティーカップの紅茶が、ゆらりと大きく波打った。ずっと感じている違和感。その真意を確かめる為には、今この場で仕掛けるしかない。

「噂で聞いたことがあるのです。スロフォンにはとても素敵なものがあると。国の女性達は皆、それを使って美しさを保っていると」

「一体、何のことでしょう」

突拍子もないことを口にする私に、チャイ王女は訝《いぶか》しげに眉をひそめる。

「それをつけると、誰でもたちまち美しくなれるなんて、少し狡いような気がしますわ」

「何を言うんですか。おしろいをつけたくらいで美女大国と言われるわけないでしょう？　それにあれは貴重で王族にしか……」

頬を紅く染め憤慨《ふんがい》するチャイ王女は、私の表情を見てようやくこちらの誘導に気づいたようだった。こんな安易な挑発に乗るなんて、やっぱり今のチャイ王女は、以前とは違うと疑念が確信に変わる。

「私、おしろいなんて言いましたかしら？」

「この……っ、騙したわね⁉」

「その台詞もおかしいですね。何も知らないはずならば、馬鹿にされたとお怒りになるのでは？　騙されたと思うのは、私の言葉の意図がお分かりだからですよね？　昔私におしろいをくださったことを、貴女は覚えているんだわ」

琥珀色の瞳をチャイ王女に彼女に向けてみせると、彼女はまるで悪女の見本のように私に向かって盛大に舌打ちをした。

「気付いてたのね。私にも逆行前の記憶があるって」

「いいえ、確信はありませんでしたわ。だからカマをかけさせていただきました。まさかまんまと嵌《はま》ってくださるとは思わなかったけれど」

「貴女……っ」

わなわなと拳を震わせ今にも暴れ出しそうな彼女を諫め、私は冷静を装う。実際は、テーブルの下に隠した拳が震えていた。

「人の性根というものは、チャンスを与えてあげても何も変わらないのね。がっかりだわ」

憎々しげに唇を噛み締めるチャイ王女に、今度は私が驚かされる番だった。その様子を見た彼女は勝ち誇ったように口角を歪め、ふんと鼻を鳴らす。

「まさか、神に助けられたとでも思っていたの？　時を巻き戻したのは、この私よ」

――どうか彼女を、酷い目に遭わせないでください。私が必ずなんとかしてみせますから。

あの時の記憶が鮮明に甦り、瞬く間に身体中から血の気が失《う》せていく。彼女の言葉は、ただその場の偽善的なものだとしか思っていなかったのに。

固まっている私を見て、目の前のチャイ王女は楽しそうにくすくすと笑う。

「私の国ではね、代々直系の王族にたった一度だけ使える特別な力があるの」

彼女は実にさらりと、にわかには信じられないような台詞を口にした。

「まさか、そんなことって……」

独自文化の発達したスロフォンは、未だに謎めいた部分も多いとされている。美女大国であり、男性よりも女性の権力が強いことで有名ではあるけれど、こんな話をすんなり受け入れろという方が、無理な話だ。

「言っておくけど、これは真実よ。私を階段から突き落とそうとした罪で投獄され、死刑になった。貴女はそれを、夢だと思ってた？　だったら私が知っているのは、おかしな話よね」

チャイ王女の言う通り。夢というにはあまりにも鮮明で、この精神と肉体に恐怖が刻まれ過ぎている。完全に信じきれていなかった部分もあったけれど、十年たった今ようやく証明された。やはり、あれは確かに『起こった出来事』だったのだと。

「正確に言えば、貴女はまだ完全には死ななかった。そうなる前に、私が力を使ったの」

「……それが本当だとするならば、スロフォンが女性優位の国である理由は、その力ゆえということなのですか？」

私の質問に、チャイ王女は小さく溜息を吐いた。

「残念ながら、そんなに良いものではないの。スロフォンが代々女王国家である理由はさまざまだけれど、この力は付加価値くらいにしかなっていない。そもそも、王族の間でも何の根拠もない伝承扱いだし、万能ってわけじゃないみたいだから、誰が過去にどんな風に使ってきたのかも、証拠が残っていないわ。だから、こうして実際に力を行使できたのは奇跡に近いのよ」

淡々と話す彼女と、動揺を隠せない私。ありえないと思いながら、そもそも今の状況自体が『ありえない』のだから、チャイ王女の言うことだけを否定することはできない。

「まあ。とっても面白い顔！　ユリアン様にも見せてさしあげたいくらいだわ」

こちらを指差しながら、彼女はけたけたと笑う。チャイ王女と話がしたいと思ったのは私の方なのに、感情がぐちゃぐちゃでどうしたら良いのか分からない。

「信じようが信じまいが、どちらでも構わないわ。貴女のそんな顔が見られただけで十分だから」

「……どうしても納得できないことが、ひとつだけあります」

「あら、何かしら」

落ち着くのよ、アリスティーナ。この状況に呑まれてしまっては、相手の思う壺だわ。

「使えるかどうか分からなかったとしても、そんな貴重な力をどうして私の為に使ったのですか？」

チャイ王女に嫉妬し、階段の上から突き落とそうとした。実際軽症で済んだのは、私の行動にいち早く気付いた彼女の護衛達が、犯行の場を取り押さえたから。そうでなければ、チャイ王女は重症を負っていたか、打ちどころが悪ければ命を落としていたかもしれない。

自分をそんな目に遭わせた相手を助けたいだなんて、正気の沙汰とは思えなかった。

「きっと何度人生をやり直したところで、貴女には私の気持ちなんて分からないでしょうね」

チャイ王女は、いつの間にか残り少なくなったティーカップの中身をゆらゆらと回しながら、その琥珀色の波をただ見つめていた。まるでそこに何か映っているかのように、ほんの一瞬瞳が揺れる。それは大切な大切な、誰かに向けるような。

「自分に与えられた幸せの中で、ちゃんと満足すべきだったのよ。だって貴方は、ユリアン様と婚約関係にあったじゃない。仮に私との縁談が持ち上がっていたとしても、私に危害を加えたところで、どうにかなるようなことではなかったわ」

「それは……っ」

「我儘で、浅慮《せんりょ》で、愚かなアリスティーナ。思わず同情してしまいそうなほどに、お可哀想な方だわ」

耐え切れなくなった私は、思わず立ち上がる。その衝撃で、中身が幾らも減っていない紅茶が溢れ、白いテーブルクロスに染みを作った。

「ずっとずっと、心の中ではそうやって馬鹿にしていたのね……？」

「いいえ？　むしろ、貴女に親近感すら抱いていたわ。私と似ているんじゃないかって」

チャイ王女の綺麗な金髪が、緩やかな風になびく。憂いを帯びたその表情を、私はとても美しいと思った。それが悔しくて、ぐっと拳を握り締める。

「そんなこと、あるはずがない。だって貴女は王女で、誰からも愛されて、何だって持ってるじゃない。私と同じであるはずがないわ……っ」

口の中がからからに乾いて、喉が震える。怒りなのか、哀しみなのか、恐怖なのか。沸き起こるこの感情を、表す言葉が見つからない。

「だから言ったでしょう？　アリスティーナさんには理解できないって。いつだって自分のことばかりで、周りが何をどう思っているのかなんて、考えたことすらないような、傲慢な貴女にはね」

「違う、私は……っ！」

「さて。言いたいことは言えたし、もうそろそろお開きにしましょうか」

チャイ王女は微笑みながら、優雅な所作でこくんと一口紅茶を飲む。そしてかちゃりと音を立てながら、カップを置いた。

「待ってください。話はまだ何も終わっていません！」

「いいえ？　もう終わったわ。貴女は昔と変わらない、傲慢な令嬢のままみたいだし、ユリアン様と私が結婚することになっても、どうやら私の良心は痛まずに済みそう」

どくんと、心臓が強く音を立てる。その名前を出されただけで、呼吸が苦しくなっていく。

「ふふっ、残念ね。この世界でも貴女は結局、私に彼を奪われる。どうする？　また私を、階段から突き落としてみる？」

チャイ王女が、少し離れた場所で待機している護衛達に、ちらりと視線を向ける。

——できるものならやってみたら？

そう、言われているような気がした。

「……貴女は、妖精の仮面を被った悪魔だったのね」

「さあ？　どうかしら。そうだったとして、貴女には何もできない。昔も今も、私には勝てないのよ。アリスティーナ・クアトラ」

彼女は立ち上がり、そのまま去っていく。その背中を睨みつけることも、追うこともできず、私はただ黙って、テーブルクロスに散った紅茶の染みを睨みつけていた。


その夜。私は寮のバルコニーで曇りがかった夜の空を見つめていた。今夜は月も星もひとつも輝いていない、ただの暗闇。

「明日は雨かしら……」

ぽつりと呟いて、虚しさに身を縮こませる。チャイ王女の話を、まだ自身の中で消化しきれていなかった。

私が可哀想だったから、力を使った？　あるかどうかも分からない、けれどとてつもなく強大で魅力的な力。そんなものを、自身を殺そうとした女の為に？　可哀想だったから、なんて馬鹿にするのもたいがいにしてほしい。いくらユリアン様と結婚したくなかったからといって、他にやりようはいくらでもあったはず。

どれだけ考えても、チャイ・スロフォンという人間の本質が掴めない。腹が立つし、余計なお世話だし、同情されるなんて反吐が出る。良い子のふりをして、どうせ私が死んでざまあみろとしか思っていないに決まっている。最低な悪魔。

……それは、本当に？　彼女の本質は、本音は、一体……。

「アリスティーナ様」

可愛らしい妖精の姿を思い浮かべていた時、ふいに名前を呼ばれた私は、表情を作り直してから振り向いた。

「サナ」

「ご気分が優れないのですか？」

シンプルなネグリジェに身を包んだサナが、心配の色をたたえた瞳でこちらを見つめている。

「あの……もしも私でよろしければ、何でも吐き出してください」

自身の胸をとんと叩きながら遠慮がちに微笑む彼女に、心臓の奥がぎゅうっと苦しくなる。

「……どうして貴女は、そんなに優しいの？　前は私のことを恐れていたでしょう」

ふいと視線を空に映す。漆黒《しっこく》のスクリーンに、惨めな自分の死に様が浮かんで消えた。今日の昼に交わしたチャイ王女との会話が、ずっと頭の中を駆け巡っている。どうしたら良いのか分からなくなって、いっそこのまま闇の中に溶けて消えてしまえたら楽なのに、なんて馬鹿げたことばかりを考えてしまう。

「……お隣、失礼いたします」

サナは静かに私の横に立つと、私と同じように空を見上げた。

「正直に言えば、確かに私はアリスティーナ様を恐れていました。家名の大きさもそうですし、貴女はいつも自信に満ち溢れていて、敵などいないといった振る舞いでしたから」

「そうね。確かにその通りだわ」

「ですが、時間をかけてアリスティーナ様のことを知っていくうちに、表から見えるものが全てではないと気づいたのです」

柔らかな声色に彼女を見れば、にこりと微笑みをくれる。

「失礼な言い方かもしれませんが、アリスティーナ様はとても不器用な方です。けれど私は、そんな貴女が好きです。今お側にいたいと思っているのは、貴女がクアトラ公爵家のご令嬢だからではなく、アリスティーナ様だからです」

「サナ……」

また、心臓が苦しくなる。

「人は誰しも、神のように心が広いわけじゃない。結局は、自分がされたことを映し鏡のように返してしまうのではないかと私は思っています。アリスティーナ様が私を優しいと感じてくださるのならそれは、貴女が私にそう接してくださっているからではないでしょうか」

ぽろりと、抑える間も無く私の瞳から涙が溢れた。いつだったか小さな頃、リリにも同じことを言われた。サナの優しい眼差しと、大好きなリリの笑顔が重なって見えるのは、涙で視界がぼやけているせいなのだろうか。

一度目の人生は環境に甘え、自身を見失い、他人を蔑《ないがし》ろにし、結果孤独に死んだ。二度目の人

生でも私は、何度も何度も間違えてきた。リリに救われ、ユリアン様に救われ、親切にしてくれる人達に救われ、そしてたった今サナに救われている。

クアトラ公爵家に生まれたのは、自身の力ではなく、ただ幸運だっただけ。それなのに私はずっと、たった一人で立っているような思い違いをしていたのだ。以前の人生だって、色んな人達に救われて生きてきたはずなのに。

「どっ、どうしましょう。今ハンカチを持っていませんわ」

泣き出した私を見ておろおろと慌て、最後には自身のネグリジェを差し出すサナを見て、ふふっと小さな笑みが漏れる。

「ありがとう、サナ。貴女のおかげで、とても勇気が湧いたわ」

「アリスティーナ様……」

人は皆、誰かに救われる。そして自分がそうされたように、誰かを救いたいと願う。

「いつまでも逃げていないで、闘うわ」

敵はチャイ王女ではなく、自分自身。きっといつだって、そうだったのだ。

もう一度見上げた空には、やはり何ひとつとして輝いているものはない。けれど私はその漆黒の深い闇を、とても綺麗だと思った。

第七章 それぞれの決意

チャイ王女の話を聞いてから、数日が経った。午前中に詰め込まれた授業を終え、午後から女子生徒は花嫁修行のような講座をこなしてしまえば、後は夕食までやることがない。

サナ達に断りを入れ、私は一人学園内にある小高い丘へと足を進めた。少し生温かい風によって運ばれてきた、初夏の緑の匂いが鼻をくすぐる。

「心地良いわね……」

今の私はこうして、自然の中へ身を投じる時間が嫌いではなかった。煌びやかな宝石や流行《はや》りのドレスも魅力的だけれど、今はこうして流れに身を任せたい気分だった。相変わらず、彼女はユリアン様にべったりで、彼も私のところへ現れようとはしない。今までうっとうしいくらいに「アリス、アリス」と呼んでは側をうろうろしていたくせに、可憐な妖精がやってきた途端にこれとは。「信じて待っていて」と言ったあの言葉も、私を都合よく騙す為の嘘なのかもしれないと思うと、胸の奥が焼き切れそうに痛む。

けれど何故だろう。心の奥底にいるアリスティーナは、ユリアン様を信じているのだ。彼が私ではなくチャイ王女と行動を共にしているのには、何か訳があるのではないかと。それはこれまで、二人で積み上げてきた思い出の中で、彼が理由もなく不義理をするはずがないと、信頼しているから。だからと言って傷付いていないわけではないし、全く腹立たしくて罵《ののし》ってやりたいという気持ちもある。

ああ、もう。ユリアン様のこととなると、自分自身でも感情のコントロールが利かなくなるから嫌だわ。


「あれ、クアトラ嬢？」

不意にかけられた言葉。誰かいると思わなかった私は、驚いて振り向いた。

「まさかこんなところでお会いできるなんて、嬉しいなぁ！」

「あら、ターナトラーさん」

相変わらずの丸眼鏡に可愛らしい顔をしたウォル・ターナトラーが、私を見ながらきらきらと瞳を輝かせている。またこちらに来ているのかと思いつつ、私も笑顔で彼に会釈を返した。

こんな場所で今会うとは思っていなかったけれど、丁度いい機会だ。私は彼に向き直ると、暗く沈んでいた表情を奥へ引っ込めた。

「いつぞやは、力を貸してくださってありがとう。きちんとお礼もできていなくて申し訳ないわ」

アイザック・オーウェンの件では、彼のおかげで学園の中でも花束をこしらえることができた。

一度きちんと謝礼をと思っていたけれど、いろいろあって後回しになってしまっていた。

「そっ、そんなにかしこまらないでください！　僕はただ、花を摘む許可を先生にいただいただけですし」

「それがとても助かったのだから、お礼を言うのは当たり前よ」

「クアトラ嬢に改まられると、なんだか照れるなぁ」

ふわふわの髪をくしゃくしゃと手でかきながら、彼は可愛らしくはにかんだ。と思ったら、まるで刺客でも探すかのように急にきょろきょろとしはじめる。

「今日はお一人なのですか？」

「えぇ、そうよ」

「珍しいですね。ストラティス殿下がご一緒ではないなんて」

彼の口から発せられた名を聞いて、再び気分が沈んでいく。それを風に乗せて飛ばそうと、私は風下に体を向けた。

「あの……もしかして、スロフォン王女殿下とご一緒なのですか？」

ターナトラーさんは薬学マニアで、いかにも噂には疎そうなのに。目を見開き彼を見つめれば、哀しげな視線を返された。

「僕の尊敬する薬学教授がスロフォン出身だそうで、王女殿下に関することを色々と教えてくださるんです。お人柄も良くて、王国でもとても人気の高い方だそうで」

「……そうなの」

私はそれだけ呟いて、ふいっと視線を逸らす。

「あの……正直に言うと僕、貴女が心配だったんです。だから姿を見つけることができないかなって、いつも以上にこっちに顔を出していました」

サナといいこの人といい、私の周りにはどうして優しい人ばかりが集まっているのだろう。サナやリリは私がやったことが返っているだけだと言ってくれたけれど、とてもそうは思えない。

「今会えたのは本当に偶然で、運が良いなって！　だけどクアトラ嬢が悲しそうな顔をしていらっしゃるから……」

「心配してくださるなんて、優しいのね」

「僕は、貴女から受けた恩を返せるのならなんだってしてします！」

恩なんてそんな、大袈裟な。私はあの時、ただ罪悪感から逃れようとしてやっただけで、彼の身を案じたわけじゃない。こんな風に感謝されたって、荷が重いだけなのに。

「私達は友達だと貴方が言ったのでしょう？　友達の間柄では、そんなことを言ったりしないわ」

「クアトラ嬢……」

「それに私は落ち込んでるわけじゃない。やれるだけのことはやろうと、心に決めたのよ」

にこりと微笑んでみせれば、彼の表情はさらに辛そうに歪む。

「チャイ王女がもしもユリアン様を気にいったのなら、それは彼の将来にとって、悪いことではないのかもしれないしね」

強がりだとバレているかもしれないけれど、それでも言わずにはいられない。

「こんなこと、あまり口にするべきではないと分かっているんですけど……」

言いづらそうに口籠もりながらも、ターナトラーさんの瞳はしっかりと私を見つめていた。

「スロフォン王女殿下について、薬学教授から聞いたんです。彼女の身に起こった、悲しい出来事を」

ターナトラーさんの言葉に、思わず私も視線を返す。

「実は……」

その話を聞いている間、私は自分が一体どんな顔をしているのかさえ、分からなかった。

翌日、私は再びチャイ王女との対話を試みようと、学園内で彼女を探していた。ユリアン様よりもずっと多くの護衛を従えている彼女は、当然目立つ。案の定、いくらもしないうちに見つけ出すことができた。のだけれど。

「スロフォン王女殿下、お忙しいところ大変申し訳ございません」

「私達ずっと王女殿下とお話がしたくて、いつかお声をかけられないかと、ずっと願っておりました」

「ストラティス殿下とのお時間を邪魔してしまうことは重々承知ですが、どうか私達にも機会をいただけないでしょうか」

ユリアン様とチャイ王女が一緒に居ることは想定内だったけれど、そこになぜかサナを含めいつも私の側にいる令嬢数名の姿もあった。この場所からでも、彼女達の緊張が伝わってくる。それもそのはず、自国の王子と他国の王女に自ら話しかけるなんて、普通は考えられない。それこそ、命懸けと言っても過言ではないほどに。

「皆様、ありがとうございます。私も皆様とお喋りをしたいのはやまやまなのですが……」

「私達、スロフォンの女性に憧れているのです！　美女大国と謳われるその美の秘訣を、ぜひ教えていただきたいです！」

「女性を重んじる風土も素敵ですわよね！　スロフォンの殿方はどんな風に女性に接するのかも、興味があります！」

「今ルヴァランチアの令嬢の間で何が流行しているのかも、私達とっても詳しいんですの！」

笑顔を浮かべながらも、やんわりと拒否しているチャイ王女。けれど彼女達は怯むことなく、たたみかけるように押しを強めている。

「ユリアン殿下、構いませんでしょうか」

サナが緊張の面持ちで彼に伺いを立てる。

「僕は構わない」

「ユリアン様、私は」

「けれど同席はさせてもらう」

ぴしゃりと放った彼の言葉には、誰も逆らえない。水を打ったようにしんと静まり返った場を破ったのは、令嬢の一人。

「それでは意味が……」

「しっ、駄目よ！」

「だって……っ」

焦るようなそのやり取りに、私は彼女達がなぜこんな行動に出たのかを悟る。ブーツの踵《かかと》をわざとかつかつと踏み鳴らし、サナ達を庇うように二人の前に対峙《たいじ》した。

「申し訳ございません。私がこの令嬢達に頼んだのです。チャイ王女と話す機会を設けてほしいと」

「ア、アリスティーナ様……っ！」

突然現れた私を見て、サナや他の令嬢が息を呑んだ。

「私達はただ純粋に、スロフォンの文化を学びたかっただけです。他意はありません」

淑女の見本のような笑みを浮かべ、恭しくカーテシーをしてみせる。チャイ王女はさっと怯えたような表情を作り、ユリアン様は無表情を貫いている。グレーの瞳に動揺の色を読み取ったのは、きっと私だけでしょうね。今すぐに彼の胸ぐらを掴み、この浮気者！　などと言いながら、激しく前後に揺さぶりたい衝動に駆られるのを、必死に堪える。

「ですが、いささか急なお誘いでしたね。私の配慮が足りませんでしたわ。ご無礼をお許しください、チャイ王女」

「いいえ、許せないわ。クアトラ様は、私のことが気にいらないのね。だからこんな嫌がらせを」

「ちっ、違います！　アリスティーナ様は何も悪くありません！　王女殿下とお近付きになりたくて、私達が勝手にやったことなのです！」

私が背中に隠すように庇っていたサナ達が、今度は私を庇うように一歩前に出た。

「サナ、やめなさい。貴女方の出る幕ではないわ」

「ですが本当のことです！　私達のせいでアリスティーナ様が責めを負わなければならないなんて、そんなこと耐えられません！」

サナの言葉に他の令嬢達も大きく頷く。その姿を見て、内心では嬉しくて声をあげてしまいそうになった。

「ここにいる令嬢達は、ただスロフォンの話を聞きたかっただけだ。アリスも含め、咎められる必要はない」

ユリアン様が感情の込もらない瞳で、そう口にする。チャイ王女は、まるで舌打ちでもしそうな顔でこちらを睨んでいる。そのうち猫を被ることを思い出したのか、再び悲しげな表情で上目遣いにユリアン様を見つめた。

「私は皆さんから急に詰め寄られて、とても怖い思いをしました。それがクアトラ様のせいだというのならば、責任をとっていただかなければ納得がいきません」

確かにサナ達の行動は褒められたものではないし、一国の王女が不敬だと言えば、それは不敬となる。けれど以前のチャイ王女ならば、たとえそれが本心とは違ったとしても、決してこんな風に誰かを責めたりはしなかった。元々の性悪が露呈《ろてい》したか、あるいは……。

「スロフォン王女。何もしていない彼女に、責任を問うのは間違っている」

「ユリアン様は私ではなく、クアトラ様を庇うのですか？　あんまりです！」

「この程度のことで騒ぎを起こすのは、賢明ではないと言っているだけですが」

淡々とした口調を崩さない彼を見て、チャイ王女はその大きな瞳いっぱいに、透き通った綺麗な涙を溜めた。

「酷いです。誰も私の味方をしてくれないなんて。ルヴァランチアの方々は王女である私を蔑ろに」

「チャイ王女。私をしばらく謹慎にしていただいて構いません」

「アリス」

すぐさま異を唱えようとするユリアン様を視線で制すと、私はチャイ王女をまっすぐに見つめた。決して瞳を逸らすことも、背を丸めることもしない。堂々と、その碧眼に対峙する。

「私がクアトラ公爵家の娘であるということを鑑《かんが》み、チャイ王女殿下にはどうか広いお心で、私以外には罰をお与えにならないよう、お願い致します」

「……言われずとも分かっていますわ」

「ご厚情痛み入ります」

深く目線を下げ敬意を表すと、彼女はふんと鼻を鳴らしたものの、これ以上の追及はしないようだった。

「君が謹慎する必要はない」

「ユリアン様」

咎めるように名を呼ぶ私を見て、彼は口を噤む。まだ何か言いたげな表情だったけれど、私はそれに気付かない振りをして、ふわりとスカートを翻しその場を後にした。

結局、処罰は五日の謹慎で済んだ。それは私が公爵令嬢だからなのか、それともユリアン様が抗議したのか。きっと彼はあの時、私が庇われることを望んではいないと、理解はしたはずだろう。ただの令嬢が罰せられることと、他国の王族同士の言い争いでは、訳が違うのだから。

この長い世界の歴史の中では、理由も思い出せないようなくだらないことがきっかけで戦争に発展し、無惨に滅びた国などいくらでもある。無用な火種を、作ってほしくなかった。あの場面でとっさにそんな考えが出た自分自身に驚きつつ、私は素直に謹慎を受け入れた。

両親が多額の寄付という名目で学園に送った賄賂《わいろ》のおかげで、私には同室の生徒がいない。寄宿舎にしては快適で居心地の良い部屋ではあるけれど、こんな時ふと人恋しくなってしまうのは、ある意味人生やり直しの弊害ともいえる。カクトワールに腰掛け、ぼんやりと窓の外を眺めていると、ふいに控えめなノックの音が響く。扉を開けると、そこには寄宿寮の寮母が立っていた。

「クアトラ嬢、ストラティス殿下からの伝言をお伝えにきました。正午過ぎ、共同娯楽室にいらっしゃるようにと」

「けれど私は今、謹慎中の身です」

「その時間、私以外に人は居ません。殿下の命により私は決して口外致しませんので、ご安心ください」

そういうことではないのだけれど、これ以上寮母に追及したところで意味はない。彼女はユリアン様から頼まれただけだし、それを私が拒めば板挟みになってしまう。こくりと頷くと、彼女はあからさまにほっとしたような顔を浮かべ去っていった。寄宿寮はもちろん男女別だけれど、共同で使用するスペースもいくつかある。この娯楽室もその一つであり、名目上は生徒同士の健全な交流の場として設けられているらしい。


未だに気持ちの整理をつけられないまま、ユリアン様と顔を合わせることが憂鬱で仕方がない。それでも娯楽室へ向かう足がどんどんとスピードを上げていくのを、自分でも止めることが出来なかった。

バッドエンド回避の為には、ユリアン様と婚約を解消することが一番。チャイ王女が彼に積極的であればあるほど、その悲願は達成されやすくなると、頭では分かっているのに。

「落ち着くのよ、アリスティーナ。私は私の為に、ここまでやってきたのだから」

娯楽室の前でピタリと足を止め、自身の胸に手を当てる。数度深呼吸を繰り返してから、意を決して扉を開いた。

「アリス」

ユリアン様は私の姿を見るなり、こちらに駆け寄ってくる。安堵するように細められたグレーの瞳を見て、私の心も複雑に揺れた。

「来てくれたんだね」

「言伝を預かった寮母に迷惑がかかりますから」

「君にこんなことをさせてしまって、ごめん」

久しぶりに見る、彼のふわりとした微笑み。それだけで涙が零れ落ちそうになるのを、ぐっと呑み込んだ。昔はすぐに泣き喚いていたのに、いつの間に私は我慢が得意になったのだろう。

「ユリアン様は、お芝居が上手でいらっしゃいますね」

「アリス……？　それはどういう……」

「チャイ王女の前で私に向ける冷たい顔と今と、一体どちらが貴方の本音なのですか」

本当はこんな台詞を言いたいわけではないのに、気持ちを押し殺さなければいけない苛立ちもあって、ユリアン様に八つ当たりしてしまう。

私を好きだと言ったくせに、あれは嘘だったの？　一度ならず二度までも、貴方は私を裏切るというの？　あんな女と婚約なんてしないと、誓って。私以外を、その瞳に映したりしないで。私を、私だけを……次から次へと、そんな醜い嫉妬心がどろりと溢れてくる。頭のてっぺんから足の爪先まで真っ黒に侵食され、今にも口から飛び出して、彼をがんじがらめにしてしまいそうだと思う。

そんな自分では、また死んでしまう。死にたくない、あんな死に方は二度としない。私はいつだって、自分が最優先だったはずなのに。

「私はユリアン様に、幸せになってほしいのです……」

口をついて出たのは、紛れもない本音だった。

「アリス……」

ユリアン様の綺麗な顔が、くしゃりと歪む。今にも泣き出してしまいそうなその表情を見て、無意識のうちに私の瞳から涙が溢れて落ちた。

「だけどそれは、私では無理だから……だから私は……っ」

ぐいっと乱暴に腕を引かれ、勢いよく彼の腕の中へと飛び込む。痛いほどに私を抱き締めるユリアン様の体は、微かに震えていた。

「好きだ、アリス。君以外には何も要らない」

「ユリアン、さま」

「アリスのいない世界なんて、生きてる意味がない。僕の幸せを願うなら、ずっと側にいて。離れていこうとしないで」

本当は、嬉しくてたまらなかった。だけどいつか、自分自身を抑えられなくなってしまったら。

そう思うと怖くて仕方なくて、必死に言い訳を並べた。笑顔を向けられ、好きだと囁かれ、優しく頭を撫でられた。その瞬間に私はもう、あの時の冷たい床の感触なんて、忘れてしまったのに。

「僕は、アリスの為なら死んだって構わない」

ぽつりと呟かれたその言葉は、初めて聞く声色だった。

「君の幸せの邪魔をしているのは、僕かもしれないと分かっていても、どうしても諦められない」

「ユリアン様、どうしてそんなことを……」

「昔から、アリスが時折辛そうに僕を見ているから。君だけをずっと好きなんだ、そのくらいすぐに気付くよ」

ユリアン様はゆっくりと私の体を離すと、自嘲気味に口角を上げる。

「ごめんね、アリス」

傷ついたように、震える声。彼に悲しい思いを、辛い思いをさせているのは、紛れもなく私。今、私が本当に望んでいるのは何？　私が心から願うものは、欲しいと思うものは、失いたくないと思うものは。一体、何なのか。

「ユリアン様」

彼の名前を呼んで、私は笑う。

「私、貴方のことが好きです」

それはきっと、とても晴れやかな顔で。

「え……」

鳩が豆鉄砲を食ったような顔で、ユリアン様は何度も瞬きをしている。端から見れば私達の様相があまりにも違いすぎて、きっと滑稽に映るのだろうなと思った。

「誰にも負けないくらい、貴方のことが大好きなんです。本当です、嘘じゃありません」

ああ、遂に言ってしまった。けれど後悔なんて微塵もない。胸のつかえがとれた気分だ。

「あ、あ、アリス……あの……」

「私だって、貴方の為なら死んでも構わないのです」

一人惨めに死を迎えたくない。その結末を回避する為だけに、この人生を生きてきたつもりだった。けれど。逆行してからもう十年近く、私はユリアン様の側にいた。そうして少しずつ彼を知っていくうちに、自分の中に初めての感情が芽生えていたのだ。

飄々としていて意地悪で、何を考えているのかよく分からない。だけど本当は優しくて寂しがりやで、愛情深いこの人を。私が、幸せにしてあげたいと。

「……そうよ。考えてみれば、私が求めていたことは、昔から何一つ変わっていないのよ」

ユリアン様に、笑いかけてもらいたい。以前の私が、欲しくて欲しくてどんな卑怯な手を使っても、手に入れることができなかったもの。私の望みはもう、とっくに叶っていたのだ。

「ね、ねぇアリス。一体どうしたの？」

急に態度を変えた私を前に、ユリアン様は困惑している。まぁ、当たり前の反応よね。陶器のように滑らかな頬が紅く色づいているのを見て、胸がきゅうっと苦しくなる。痛みではなく、甘い苦

しみ。

「どうもしません。ただ、素直になっただけです。本当はずっと、そう思っていました」

「……参ったな、どうしよう。嬉しくて叫びそうだ」

「ふふっ」

視線を忙《せわ》しなく動かしながら、ユリアン様が珍しく取り乱している。その様子が可愛くてくすくす笑うと、彼は羞恥を誤魔化すように、ふて腐れたような顔をした。

「ユリアン様って、意外と可愛らしいところがあるのですね」

「……嬉しくない」

「あら、最高の褒め言葉なのに」

ちらちらと私に視線をやっては、どんどんと顔を紅く染めていくユリアン様を、心の底から愛しいと感じる。

「僕も、君のことが好きだ」

「ユリアン様……」

「二人でいれば、きっと何もかも上手くいく」

そう。今の私は、決して一人なんかじゃない。

自分の為、そして大切な人の為に何が出来るのか、もう一度よく考えなければ。あの妖精の魂胆《こんたん》と、本心も。

「そうよ、やるのよ。私なら出来るわ」

これまで私は、自分が改心してチャイ王女に手を出さなければ、それで処刑を回避出来ると考えてきた。だから性格を変えようと努力したし、チャイ王女や他の令嬢を妬む原因となるユリアン様と、距離を置こうとした。

けれどチャイ王女と対峙して、それだけではダメなのだと悟ったわ。まさか彼女にまで時を遡る前の記憶があるなんて、想定外過ぎる。明らかに私を恨んでいる様子だったし、このままではこちらから仕掛ける意志がなくとも、向こうに嵌《は》められてしまう。

だったらその前に、やってやろうじゃないの。ただし、以前とは違う方法で堂々とね。今の貴女に、ユリアン様は絶対に渡さないんだから。

話し合いで解決するのならば、それで良し。そうでない場合は、決闘でもなんでも申し込んでやる。一度死にかけたのだから、今さら怖いものなんてないわ！

こうして、傲慢令嬢アリスティーナ・クアトラは、改めて自身の迎える結末を変える決意を固めたのだった。

番外編　二人はアリスが大好きです！

《ウォル視点》

高位貴族の階級苛めなんて、この学園では珍しくも何ともなかった。ご令嬢からの嘲笑を含んだ視線にも慣れていた僕は、アリスティーナ・クアトラ様に初めて声をかけられた時も、

――ああ、これ以上痛い目に遭うのか。

と、戦々恐々としていた。誰かが僕に手を差し伸べてくれるなど、夢にすら思っていなかったのだ。

我が家は子爵家であり、特段困窮《こんきゅう》しているというわけではないが、両親は富や名声にあまり興味がなかった。領民の為、苦しむ誰かの為、日夜研究や看病に明け暮れ、その地位を決して悪用したりしない。

そんな二人は、同等かそれより上階級の貴族達からは鼻で笑われることが多かった。そしてそれ以上に、たくさんの人々に感謝されていた。

僕が世界で最も尊敬する、父と母。いつもぴんと背筋を伸ばし、どんな逆境にも立ち向かう不屈の精神。いつかこうなりたいと、僕は二人の背中を必死に追いかけてきた。

それなのに僕は、毎日毎日泥だらけで。わざと足を引っ掛けられ転んでも、纏め方が上手いと教

諭から褒められたノートを破かれても、黙って俯いていることしか出来ない。相手は僕より階級が上の貴族令息達で、反論する勇気なんてなかったからだ。

大切な本だけを胸に抱えながら、ただただ時が過ぎるのを、体を丸めながらジッと耐える日々。それでも、医者になるという夢の為に、学園を辞めるという選択肢だけは選ばなかったのだ。

（おっと。僕は自分のことを回想してどうするんだ。そんなことはどうだっていい、今一番重要なのは……）

「ほら、来なさい！　今日から貴女も、私専用のおもちゃよ！」

凛《りん》とした美しい声に相応しい、琥珀色に輝く瞳。艶やかな髪も同色で、肌は陶器のように白く滑らか。全てが完璧、そしてそれをしっかりと自覚していることが、その堂々とした立ち振る舞いから滲み出ている。

（ああ。今日もクアトラ様は、あんな風に不器用な助け方をされていらっしゃる。何て尊い女性なんだろう）

草葉の陰からひっそりと様子を窺いながら、僕は彼女の凛としたオーラに、感嘆の溜息を漏らしたのだった。

アリスティーナ・クアトラ様。クアトラ公爵家といえば、広大な領地とあらゆる権限を持ち、代々王家の側近として仕えているという、公爵家の中でも筆頭の存在。ご令息が三人と、ご令嬢が一人。中でもアリスティーナ様は唯一の女児であり、それはそれは可愛がられているというのは、有名な話。

そして皆一様に、こう続けるのだ。

――だからあんなに我儘でやりたい放題で、最悪な性格なのだと。

僕も御多分に漏れずそう思っていたし、何か粗相でもしでかそうものなら命も取られかねないと、恐怖心を抱いていた。とはいえ、彼女は僕より三つも年下だから、関わることなどないだろうと踏んでいた。

あの日あの瞬間、美しい女神に颯爽と助けられるまでは。

「さぁ、もう行きなさい。これからまた絡まれるようなことがあれば、私の名前を出すのよ。自分はアリスティーナ・クアトラの専属の『おもちゃ』になってしまったとね」

ふんと鼻を鳴らすクアトラ様と、彼女の前に立ちブルブルと体を震わせている一人のご令嬢。クアトラ嬢がこの学園に入学されてからもう一年が過ぎ、二年生になった彼女は益々その神々《こうごう》しさに磨きがかかっていた。

「分かったなら早く行って」

「は、はい……っ！」

今にももつれそうな足を動かし、必死にクアトラ様から逃げ出すご令嬢を見つめながら、僕は心中で「大丈夫、貴女は女神様に助けられたんだよ」と囁いた。

綺麗な琥珀色の双眼は「狼の瞳」などと揶揄《やゆ》され、周囲の生徒達は皆、いつ自分が彼女の標的となるのだろうかと怯えていた。実際クアトラ嬢は、気まぐれに下位貴族に声をかけては「貴方は私のおもちゃ」と宣言していたから、そう思うのも仕方ない。

だけど、僕は違う。クアトラ嬢はこうして、僕達のような階級苛めに苦しんでいる者を助けているのだと、理解しているから。とても立派な行動であるにも拘わらず、彼女はそれをひけらかさない。確かに態度や立ち振る舞いは、横柄で傍若無人で自信家のそれにしか見えないだろう。

彼女が「おもちゃ」宣言した後に必ず憂いを含んだ溜息を吐くことを知っているのも、きっと僕だけ。クアトラ嬢は、僕という人間を決して否定しない。嘘や方便を嫌い、自身の考えをハッキリと主張する。いつも堂々と背筋を伸ばし、前だけを見つめて生きている。そんな彼女は僕の憧れであり、救世主であり、女神様なのだ。

「クアトラ嬢！」

「あら。ターナトラーさん」

僕の呼びかけに彼女は振り返り、その艶々《つやつや》とした琥珀色の長い髪をふわりとかき上げた。

「そんなところで何をしていらっしゃるの？」

「僕は美しい花を愛《め》でさせていただいていました！」

「はぁ、そう」

大した興味もなさそうに答える彼女に、僕は満面の笑みを浮かべる。来年にはここを卒業し、大学へと進学しなければならないことが残念で仕方ない。いや、それはさらなる知識向上の為には喜ばしいのだけれど、クアトラ嬢と物理的に離れ離れになってしまうのは悲しかった。

「相変わらず、植物が好きなのね」

「ええ、それはもう！　今育てているのはチェストベリーという西洋ハーブで……」

「はぁ、そう」

ああ、クアトラ嬢は本当にお優しい方だ。こうして僕の話を聞いてくださる、心の広い女性。学園内では悪女だなんだと散々な噂を立てられているが、それは彼女の本質を理解していない残念な者達の言い分だと僕は思っている。棘のある言動と尊大な態度の裏に隠された魅力を、彼らは見ようとしていないのだ。

「クアトラ嬢、よろしければ今度」

「アリス」

僕の言葉を遮るように、凛々しいバリトンが耳に響く。クアトラ嬢を愛称で呼ぶ、唯一のお方。そう、何を隠そうこの国の第二王子であるユリアン・ダ・ストラティス殿下その人。クアトラ嬢の婚約者であり、才色を兼ね備えた方。

ストラティス殿下はそのグレーの瞳を微かに細め、クアトラ嬢だけを見つめている。彼女の琥珀色の髪を指で掬うと、愛おしげに口づけを落とした。

「ユ、ユリアン様！　公衆の面前で何をなさるのですか！」

途端に真っ赤に頬を染めるクアトラ嬢とは対照的に、ストラティス殿下は涼しい顔で答える。

「何って、愛しい婚約者に愛情表現をしただけだよ？」

「誤解を招くような言い方は慎んでくださいませ！」

「誤解？　アリスはおかしなことを言う。今の言葉のどこにも、誤解なんてないよ」

この光景はいつものことで、二人の仲睦まじいやり取りは本当に微笑ましいと思う。外野が何を言っても、そんなことは関係ないのだ。

クアトラ嬢は、ストラティス殿下と一緒にいらっしゃる時だけ、余裕の笑みが剥がれて落ちる。それは殿下も同じで、普段堂々とされているが、クアトラ嬢のこととなると途端に顔色を変えられる。互いが互いを想い合うとは、お二人のような関係を指しているのだろう。

「いつもいつも、距離が近いのです！　第二王子たるもの、もっと節度を守った行動をですね……っ」

「だから僕も、いつも言ってるでしょ？　そんなことをしていたら、すぐに横から君を攫《さら》われてしまうと」

クアトラ嬢は必死に殿下を押し返しているけれど、涼しい顔で受け流されている。本当に仲睦まじいお二人だと、その様子をうっとりしながら見つめていると、殿下の艶めかしいグレーの双眼が、唐突に僕へと向けられた。

「今だってほら、どこに刺客がいるか分かったものではないからね」

（しっ、刺客⁉　まさか、この学園には数え切れないくらいの護衛がいるのに⁉）

お二人を狙う不届者はどこだと、慌てて視線を彷徨《さまよ》わせる。運動の才能など皆無《かいむ》である僕には、そんな気配は微塵も感じられなかった。

「……はぁ」

ストラティス殿下は、その腕にしっかりとクアトラ嬢を抱いたまま、盛大な溜息を吐いた。

「で、殿下。お役に立てず申し訳ありません」

「いや。君は意味が分かっていないようだから、もういいよ」

呆れ気味にそう言われ、しばらく。殿下の言葉の意味を理解した僕は、ずざざざ！　と、大仰《おおぎょう》なほどに後退りをしてみせた。

（今のは、牽制だったのか！）

お二人の尊いやり取りに気を取られ、すっかり頭から抜けていた。あれは確かクアトラ嬢や殿下がこの学園に入学して数ヶ月後、僕がクアトラ嬢に初めて助けていただいたすぐ後だっただろうか。こんな風に、殿下から忠告めいたお言葉をいただいたことがある。

あの時は畏れ多すぎて、それからしばらくはクアトラ嬢に話しかけることが出来なかった。誰かの為に花束を集めるとか何とかで、彼女が僕を頼って尋ねてくださった時には、それはもう嬉しくて嬉しくて。

誤解が解けてからは、僕とクアトラ嬢が会話をしていても、ストラティス殿下が何かを仰ることはなくなった。代わりに、というのもおかしな話かもしれないが、殿下はこうしてクアトラ嬢に触れては、その度に彼女が顔を赤くして注意する、というのを繰り返している。

ストラティス殿下はきっと今も、僕個人を信用してはいないのだろう。クアトラ嬢が僕を信用してくださっているから、その気持ちを尊重なさっているだけ。一瞬でも彼女に妙な真似をすれば、躊躇《ちゅうちょ》なく切り捨てられる。

「ターナトラーさんも、ボーッと見ているだけではなく、ユリアン様に仰ってくださいな！　過度なスキンシップはお控えになった方がよろしいと！」

熟れた林檎《りんご》のように頬を染めたクアトラ嬢が、僕の名前を呼びながらこちらに向かって手を伸ばす。一瞬ピクリと反応した自身の手を律し、彼女に向かって微笑んだ。

「お二人は僕の理想です！　本当に、運命に定められた唯一無二のパートナーです！」

「ち、ちょっとターナトラーさんまでやめてちょうだい！」

「ほら、観念してアリス」

「もう知りません！」

クアトラ嬢は可愛らしく頬を膨らませて、ふんとそっぽを向く。そのまま背を向け向こうに駆けていくのを、ストラティス殿下が追いかけていった。

（本当に、誰もお二人の邪魔なんて出来ないほどに、お似合いです……）

校舎の中に消えていく二つの背中を見つめながら、僕は眼鏡のブリッジを指で持ち上げる。

本音を言えば、クアトラ嬢に憧れたこともあった。その大き過ぎる存在が怖くて堪らなかったのに、本当の彼女を知ってからは目が離せなくなった。強烈に惹きつけられ、一瞬も視線を逸らしたくないと思い、少しでも側にいたいと願わずにはいられない。僕がもしも、もっと高爵位を持つ家の息子だったならばと愚かな夢を見たことも、一度や二度ではなかった。

けれど、それは叶わない。爵位がどうのという話ではなく、最初からあの綺麗な琥珀色の瞳には、たった一人しか映っていなかったから。クアトラ嬢の態度が分かりやすいのか、それとも僕が彼女を熱心に見つめているから気付いたのか。時折切なげに殿下に注がれる視線に、何故か僕の胸が千切れそうに痛む。クアトラ嬢は既に殿下の婚約者であり、全ては思いのままだというのに。どうしてあんな風に、泣きそうな顔をするのだろう。

(僕には何も出来ないけれど、せめて……)

今この学園に居られる間は、彼女の側にいたい。クアトラ嬢が笑顔で、好きな相手と幸せになれるように。僕の願いは、ただそれだけだ。

ドンッ！

「キャ……ッ」

唐突に背中に何かがぶつかり、体がよろける。お二人に気を取られ、注意力が散漫になっていたようだ。すぐに後ろを振り返ると、一人のご令嬢が芝の上に尻餅をついていた。

「もっ、申し訳ありません！　お怪我はありませんか……」

「ちょっと退《ど》いてください！」

彼女を引き起こそうと伸ばした手は、瞬時に払われる。そのご令嬢は僕の手を撥ね除けると、物凄い速さで立ち上がった。

「ああ、行ってしまわれたわ……」

心底残念そうな声色で、お二人が去っていかれた方を見つめている。

「アリスティーナ様の白く滑らかな頬が可愛らしく色付くところは、大変貴重ですのに……」

「えっ」

「えっ？」

僕の脳内を覗き見されたのかと、思わず声が出る。それを聞いたご令嬢からも、同じような声が漏れた。

《サナ・モラトリム視点》
私の名前はサナ・モラトリム。モラトリム伯爵家の長女であり、下には妹が三人。領地が高山に囲まれた険しい場所ということもあり、家の財政は芳《かんば》しくない。それでもより良い婚約の相手を探すという名目で、父は私を学園へ入学させた。

アリスティーナ・クアトラ様の下僕となることを決めたのも、自分自身。クアトラ公爵家といえば、高位貴族の中でも筆頭中の筆頭。気位の高いことでも有名であり、そういった輩《やから》が一番操りやすいと父は言っていた。

その教えに倣《なら》い、私もアリスティーナ様に恭しくかしずいた。心の中では、どこか馬鹿にしたような感情もあったかもしれない。親の威を借りた勘違いの高飛車な令嬢だ、と。

私が欲しているのはその家名であり、彼女の中身には興味がなかった。高位貴族が偉そうに振舞うのはクアトラ公爵家だけではないし、気に入られていて損はないと。

アリスティーナ様も、初めはそうだった。私達を見下し、侍《はべ》らせ、学園内でも権力を見せつける。容姿端麗、成績優秀、その上婚約者は王族とくれば、向かうところ敵なし。羨望《せんぼう》の眼差しを一手に受ける、絵に描いたような完璧で傲慢な公爵令嬢。けれど、彼女の斜め後ろでその背中を見ているうちに、そんな固定概念が少しずつ剥がれ落ちていったのだ。

それを如実に感じたのは、確か入学して半年が過ぎた頃だっただろうか。クラスメイト数人に呼び出された私は、アリスティーナ様の寄生虫だと罵倒された。こんなものはくだらない嫉妬からくる憂さ晴らしで、相手にしていたらキリがない、と言われるがままに放っておいた。これまでも何度かこういうことはあったけれど、反応しなければそのうち飽きる。今回も、どうせそうだろうと。

ところが、このことをどこから知ったのか、アリスティーナ様が直々に彼女達に抗議すると言い出したのだ。

「貴女方ね？　サナを『私の寄生虫』などと馬鹿にしたのは。その言葉を撤回し彼女に謝罪するまで、私は絶対に許しませんわよ」

そんな必要はないと何度言っても聞かず、悪口を叩いた令嬢達を呼び出して、その顔の前にビシッと人差し指を突きつけた。まさかアリスティーナ様が出てくるとは思わなかったのだろう。彼女達は私に対し頭を下げ、もう二度とこんなことはしないと誓約書まで書いたのだ。

「ど、どうして私などの為にここまで……」

「私は、私のものをあんな風に言われて許せる質《たち》ではないのよ！　サナ、貴女も私の側にいるつもりなら、もっと堂々としなさい！」

「……はい、アリスティーナ様」

アリスティーナ様はそう言って、しばらくぶつぶつとそれはもう怒っていらっしゃった。周囲からすれば、それはただの叱責《しっせき》にしか見えないだろう。けれど私はとても嬉しかったのだ。自身でさえ流していたことを、ここまで本気で取り立ててくださったことが。

確かに、目に見えた分かりやすい優しさではないかもしれない。言い方や態度もキツくて、それを怖いと感じる者もいるだろう。それでも私はその瞬間、アリスティーナ様というご令嬢の不器用な優しさに触れたのだ。

「ねぇ、サナ」

「はい、なんでしょうアリスティーナ様」

またある日、彼女は唐突にこんなことを呟いた。

「もしも私が断罪されるようなことがあったら、こう言うのよ？　『私はただ、脅されて嫌々側に仕えていただけだ』と」

「ま、まぁ！　どうしてそのような……」

アリスティーナ様の意図が分からず、聞き返すことしかできなかった。冗談を言っているようにも見えず、茶化せるような雰囲気でもない。彼女は私の肩に手を置き、もう一度同じことを繰り返した。

「良いこと？　必ず、言うのよ？　自分は関係ない、とね」

「いっ、嫌です！」

気が付けば、そう答えていた。いつものように、アリスティーナ様の言うことには全て首を縦に振る、それだけで良かったのに。何故かこの時だけは、そうしたくないと思ってしまった。

「アリスティーナ様が断罪なんてありえないことですが、もしもそうなった時は、私も一緒に罰を受けます」

「サナ、貴女何を……」

「いくらアリスティーナ様のご意見でも、これだけは変えるつもりはありません！」

こんな「もしも」の話は馬鹿げているし、現実にはありえない。だけど何故だか、アリスティーナ様の表情を見ていると胸が締め付けられた。私とは違い、この方は全てを手にした完璧な人なのに。時折どうしようもなく、抱き締めたい衝動に駆られることがある。守ってあげたいなどという、烏滸《おこ》がましい感情が込み上げる。

「一緒に地獄へ落ちてくれるなんて、頼もしいことね」

アリスティーナ様はふんと鼻で笑いながら、その頬がほんの少し緩んでいるのを私は見逃さなかった。

と、この一年の間にこのようなことがままあり、私サナ・モラトリムはこの先何があろうとも、アリスティーナ様のお側にいようと心に決めているのだ。

アリスティーナ様の婚約者は言わずもがな、我が国の第二王子であるストラティス殿下であり、お二人が並び立つとそれはもう一枚の絵画のように美しい。ストラティス殿下は一見、常に厳しい表情を湛えているように見えるけれど、アリスティーナ様の前でだけは違う。涼しげなグレーの双眼にとろりとした甘さが足され、それはもう愛おしげに「アリス」と愛称でお呼びになる。

私はそれが、羨ましくて堪らなかった。だって！　絶対に無理ですもの。私がアリスティーナ様を「アリス」とお呼びするなんて、そんな未来は永劫《えいごう》にやってこない。婚約者だけの特権、それを行使できる殿下に嫉妬しているだなんて、誰にも言えやしない。

アリスティーナ様も、口ではいつも「ユリアン様、もっと離れてくださいませ！」なんてつっぱねているけれど、本当に嫌がってはいないのが雰囲気から伝わってくる。いつも自信たっぷりな彼女が、羞恥を隠そうとしている様子はもう……お可愛らしくてお可愛らしくて、この両目に他の景色を一切映したくないと思ってしまうくらい、アリスティーナ様の魅力にやられてしまう。知れば知るほど、どんどん惹かれていく。

ああ。アリスティーナ様は本当に、私の唯一無二の主君だわ。

父からは早く婚約者の目星をつけろとせっつかれるけれど、当初の目的だったそれはもうどうでも良くなってしまった。今はただこうして、彼女のお側でその美しさを愛でていられるだけで、私は幸せなのだ。

「そうなのです！　アリスティーナ様ったら、私達の前だとああいった表情を滅多に見せてくださらないのです！　ですからこうして、草葉の陰からこっそりあの可愛らしいお姿を拝見させていただいていた、というわけなのですわ」

「なるほど、そういうことだったのですね。有意義な時間を邪魔してしまって、申し訳ありませんでした」

ウォル・ターナトラーとサナ・モラトリムには、最大の共通項があった。サナがウォルにぶつかり、そのせいでアリスティーナの姿を見逃してしまったことに、初めのうち彼女は落胆していた。が、互いに「この人どこかで見たことある」という心情のもと、言葉を交わしていくうちに意気投合した。

そよそよとした心地の良い陽気の中、二人は並んでベンチに腰掛け、我先にと興奮気味に捲《まく》し立てている。

「アリスティーナ様は、いつもこうおっしゃっています。自分が恥ずべき行いをすれば、そこに付き従っている私達まであらぬ噂を立てられてしまう、と」

「なるほど。実にクアトラ嬢らしい、素晴らしい考え方ですね」

「でしょう？　周囲の方々は、まず『学友を付き従えている時点でおかしい』などと言いますけれど、それはとんだ勘違いなのです！　アリスティーナ様は、その御名《みな》を使って私達を守ってくださっているのですわ！」

ウォルもサナも、ここまで自分と価値観の似ている相手と出会ったのは初めてで、内心嬉しくて堪らなかった。アリスティーナのことを話しても、大概は怖がられるか理解されないかのどちらか。サナの他にもアリスティーナの取り巻きは数名いるが、彼女と同等の感情を抱く者はいない。

それどころか、面と向かって賛辞を口にすると「言わされている」と勘違いされることも多々あるので、二人ともこうしてこっそりと様子を窺っては、心の中で存分にアリスティーナを愛でているというわけだ。

「そういえば、ターナトラーさん」

アリスティーナ談義で盛り上がっていたところに、サナがふと真顔で尋ねた。

「まさかとは思いますが、あのお二人の仲を邪魔しようなどとお思いではありませんよね？」

「ま、まさか！　僕はただ、純粋にクアトラ嬢の幸せを願っているだけです！」

「でしたら、良いのですけれど」

嘘ではない。今は本当にそう思っていると、ウォルは内心何度も頷いた。アリスティーナに抱いていた淡い恋心は、友愛へと形を変えたのだから。

サナはウォルの答えに満足したのか、それ以上追及をすることはなかった。

「ストラティス殿下も、聞いていたお噂と全然違うものだから、最初は少し驚きました」

「クアトラ嬢とは完全な政略的婚約で、二人は仲が良いどころかいがみ合っているなどという事実無根の噂を、一体誰が流したんだか」

「貴族は足の引っ張り合いばかりですからね」

二人は、権力に興味がないという点でもよく似ていた。互いに家族が大切で、ささやかな幸せがあればそれで良いと、そう思っていた。それでも、アリスティーナという強烈な存在は憧れであり、自分には絶対に無理だと思うからこそ惹かれた。ただ、我儘で理不尽なだけではない。彼女にも葛藤があり、悩みながらもひたすらに前を向き、自分を信じて生きている。私「など」という言葉を決して使わないアリスティーナは、打たれ強く逞しい。

「私、アリスティーナ様と同じ時代に生まれて本当に幸運だわ。あの方の側にいると、不思議と力が湧いてくるんです」

「僕もです！　なんていうんだろう、あの魅力はクアトラ嬢にしかないものですよね」

「ターナトラーさん！　貴方がこんなに、話の分かる方だとは思いませんでした！」

サナは、その瞳をキラキラと輝かせながらギュッとウォルの手を握った。

「私、嬉しいです！　これからはアリスティーナ様を敬愛する同志として、ぜひ仲良くしていただきたいですわ」

「あ、あの……手、手が、その……」

「ま、まぁ！　私ったらつい……」

この二人、こと異性への耐性がゼロに近いという点すらも共通項で結ばれている。サナは、勢いあまって手を握ってしまったことを即座に謝罪した。こんな風に自分から男性に触れるなど、生まれて初めての経験だったのだ。

「ごめんなさい。私などが調子に乗って……」

「そんな言い方をしてはいけません。クアトラ嬢が聞いていたら、叱られてしまいますよ」

「ふふっ、確かにそうですね」

ウォルの軽口に、サナは柔らかく笑う。アリスティーナのような華やかさはなくとも、風になびく柔らかそうな栗色の髪が素敵だと、彼は思った。

「ターナトラーさんは、なんだか良い香りがします」

「えっ、僕がですか？」

「ええ。お花のような」

そんなことを初めて言われたウォルは、言いようのない恥ずかしさに思わず口元を手で覆った。

「やめてください、僕なんか」

「あっ、ダメですよ。ターナトラーさんこそ、アリスティーナ様に叱られますわ」

「あはは、本当だ」

ピシッと人差し指を立ててみせたサナに、ウォルも頬を緩める。二人は目を見合わせ、控えめに笑い合った。


「あら、珍しい組み合わせね。サナとターナトラーさんは、お知り合いだったの？」

そこへ、見事な琥珀色の長い髪をなびかせながら、アリスティーナが颯爽と現れた。側には当然のように、ユリアンがぴたりと寄り添っている。

「アリスティーナ様！　それにストラティス殿下も」

「こちらへ戻っていらっしゃったのですね」

サナとウォルが、パッと彼女の方を向く。二人とも至極嬉しそうに、もしも尻尾が生えていたならば、それはもうパタパタと左右に振れていたことだろう。

何故先程までここに居たことを知っているのだろうと、アリスティーナは小首を傾げるが、まぁ良いかとそれ以上追及することはしなかった。

「何だか楽しそうだったわね。何の話をしていたの？」

「「もちろん、貴女のお話です！」」

「あ、ああ。そうなの」

あまりの気迫に気圧《けお》されるアリスティーナだが、悪い気はしない。サナもウォルも、彼女にとっては大切な友人。けれど、もしも将来自分が断罪される存在となった時、懇意にしていることであらぬ責めを受けてはいけないと、一定の距離を保とうとしていた。

「まったく。二人とも変わり者ね。皆私を怖がるというのに、そんな風に喜ぶなんて」

つんと顎を尖らせ、ぱさりと髪をかき上げる。いくら表情を取り繕おうとしても、既に二人にはお見通しだった。

「ねぇ、アリス。やっぱり僕の言う通り、あっちに座った方が良いんじゃないかな。ここよりずっと日当たりも良いいし」

これが気に入らないのは、ユリアンだ。学園に入学してから、一年。徐々に自分以外の者がアリスティーナの魅力に気付きつつあることが、少々気に食わない。悪く言われるのも癪だが、好かれるのも嫌だというジレンマに、ユリアンは日々悩まされていた。

彼にとって、アリスティーナは誰よりも可愛らしく、そして愛おしい存在。けれどそれを全面に出すと嫌がられてしまう為、多少の憎まれ口を挟みつつ、時折本音を織り交ぜるという具合に止めていた。あくまで彼なりに、ではあるが。

ユリアンとしては、普段つんけんしているアリスティーナが、自分にだけ見せる表情が何よりも好きだったのに、それが露見しつつあることが心底憂鬱なのだ。いっそのこと、学園卒業を待たずして結婚し、アリスティーナを名実ともに自分のものにしてしまいたいと、何度考えただろう。彼女がそれを嫌がるだろうと思うからやらないだけで、望まれれば何を差し置いてもアリスティーナを優先する覚悟はとっくに出来ていた。

「あら。二人よりも大勢の方が、賑やかで良いではありませんか」

「そうかな。僕はどちらかと言うと、静かな方が好きだから」

「でしたら、私も遠慮いたしますわ。ユリアン様の邪魔にはなりたくないですもの」

アリスティーナは純粋な気持ちで、ユリアンからパッと距離を取る。ウォルの隣に移動すると、たちまち棘のような鋭い視線が彼に突き刺さった。

「ターナトラーさん？　まさか、僕とアリスの仲を邪魔する気ではありませんよね？」

「ままま、まさかそんな！　全く微塵も、そんなつもりはありません！」

蛇に睨まれたなんとやら、ウォルはぴょこりと立ち上がると、サナの手を引いた。

「さぁ、モラトリムさん。僕達はもう行きましょうか！」

「えっ？」

サナは訳が分からないという表情を浮かべたけれど、すぐに彼の心情を察して、同じように立ち上がる。

「そ、そうですわね！　お二人のお邪魔をしてはいけませんし、私達はこれで失礼致しますわ！」

「あら、もう行ってしまうの？」

アリスティーナがちらりと垣間見《かいまみ》せた、寂しげな表情。二人はうぐ……と後ろ髪を引かれるような思いだったが、ユリアンがすかさずアリスティーナの腰を引き寄せたので、そのまま任せることにした。

「ち、ちょっとユリアン様！　二人の前で、やめてください！」

「君が寂しそうな顔をするから、つい」

「そんな顔はしていません！」

やいのやいのと繰り広げられる攻防戦を後目《しりめ》に、ウォルとサナはそそくさとその場から立ち去る。と思いきや、まるで示し合わせたかのように同時に生垣に身を潜めた。ここからであれば、アリスティーナの姿がよく見える。

「ああ、アリスティーナ様……あんなに顔を赤くして……本当にお可愛らしいわ」

「ええ、僕もお二人の幸せそうなお姿が見られて嬉しいです」

端から見れば、明らかに怪しい。けれど二人にはそんなことはどうだって良く、アリスティーナが笑っていればそれだけで満たされるのだ。

「こんな風に、アリスティーナ様への思いを誰かと語り合える日が来るなんて、思いませんでした」

「僕もです、モラトリムさん」

身を屈めながら、二人は再び視線を合わせる。これからもこんな風にまた話をしましょうと、そんな言葉を交わさなくとも、互いの考えが手に取るように分かった。今はまだ地に隠れ、芽吹いてもいない生まれたての種。けれどどこうしてアリスティーナを通じ、交わることのなかった縁が結ばれたのは、きっとこれからの未来に繋がっていく大切なピースとなるのだろう。

番外編　幼き日の大切な約束

　高位貴族の令息や令嬢が傲慢で自信家で他者を顧みない自分本位な思想を持つことは、珍しくも何ともない。まず、そうなる環境であるということが一番の原因であり、両親に倣って素直に育っていけば、もれなく貴族階級至上主義を持った人間へと成長していく。しかし稀《まれ》に、そこへ何かしらの要因が加われば、考え方も変わっていく。例えば、素晴らしい友に恵まれたとか、侍女が優秀であるとか、はたまた元々両親が人格者であるとか。

　僕は、そのどれにも該当《がいとう》しない。ただ、可愛がられなかったというだけのこと。それも、目と髪の色が王族の特徴である碧と金ではない、それだけの理由で。

「いいこと？　ユリアン。私は、貴方の為に言っているのだから、決して逆らってはだめよ」

「はい、王妃様」

「兄であるマッテオを敬い、尊重し、盛り立てる。それが、後から生まれた者の務め。見た目など関係ないと、貴方自身が証明してみせなさい」

　母である王妃は、僕を見ても決して暴言を吐いたりはしなかった。そんなことをすれば、不義を認めたことになる。ただ運が悪かっただけなのに、何故自分がこんな目に遭わなければならないのかと、彼女はいつも嘆いていた。ああ、なんて可哀想な私と、悲劇の主人公よろしくしくしくと泣いてみせた。

馬鹿げた噂は時と共に風化していったけれど、僕の心からしこりがなくなることはない。だってそれは、生まれた瞬間から植え付けられたものだから。環境とは、それほどに恐ろしい。

「初めまして、ユリアン殿下。アリスティーナ・クアトラと申します」

五歳とは思えないほどに完成された、美しい容姿と艶のある所作。クアトラ家の名を背負うに恥じぬ、完璧な公爵令嬢。そう育てられたのだから、当然とも言えるけれど。

初めて出会った時、僕はアリスに対し何の感情も湧かなかった。強《し》いていうなら、不義の子と言われた僕にもちゃんとした地位の令嬢を充てがってくれるんだ、くらい。彼女がどういった人間かにも興味はなかったし、たとえ最低最悪の人格だったとしても、関係はない。だってこの令嬢は、母が選んだ。重要なのはそこだけで、僕の意思など無用の長物だからだ。

(まぁ、もし自分で選べたとしたら、この令嬢は絶対に選ばないだろうな)

他所《よそ》行きの笑顔を浮かべ、僕を見つめる。綺麗な琥珀色の双眼は、まるでまん丸の月を見ているようで、そこだけは好きになれそうだと思う。

どうせこの子も、僕自身を見ているわけではない。だからこの先夫婦となっても、大した関係性は作れない。貴族間の結婚とは、そういうものだ。最初からそんな風に諦めていた僕は、後に良い意味で裏切られることとなる。

「ユリアン様は王家に生まれたその瞬間から、既にほとんどの者よりも恵まれているのですから、自身が手にしているものの中で、満足して生きるべきだと私は思いますわ」

まさか、そんなことを言われるとは夢にも思っていなかった僕は、ふんと鼻を鳴らしながらそう話す目の前の令嬢から、目を逸らすことができなかった。いくら不義の子と陰口を叩かれようが、僕はこの国の王子。表立って悪く言う者など、一人もいなかったというのに。

「約束いたしましたよね？　何を言っても許してくださるって」

「うん、確かに約束した」

「では、怒らないでくださいね」

そう言われても、腹が立って仕方がない。僕だってまだ子供だし、面と向かってそんなことを言われたら、怒りの感情が湧いてくるのは仕方ないことだ。

（この子、嫌いだな……）

生まれて初めてだった。自分の感情で、誰かを拒絶したいと思ったのは。髪と目の色が違う僕は、それだけで母を困らせた。だからなるべくなら、彼女の言うことには逆らわないようにしよう。それが、僕に出来る罪滅ぼしなのだと、ずっとそう思っていた。それなのに、まさか婚約者を嫌いになるなんて。好きになる必要はないけれど、これではこの先辛いだろうと思うと頭が痛い。

当然のことを言ったまで、という表情を浮かべているこの令嬢にぎゃふんと言わせたくて、僕はつい「君は、とっても性格が悪いんだね」と言ってしまった。てっきり激昂するか、メソメソ父親に泣きつくかと踏んでいたが、彼女の顔はたちまち恐怖に染まった。まるで、首元に死神の鎌を突き付けられているような、そんな絶望に満ちた雰囲気。流石の僕もこんな風になるとは思っておらず、どうしたら良いのか分からなかった。

立ち尽くしている間に、アリスの侍女が手際良く彼女を抱き抱え、その背中を優しく摩《さす》りながら自室へ戻っていく。結局何も出来ないまま城へ帰ろうとしていた僕を呼び止めたのは、いつの間にか復活していたアリス。にっこりと笑いながら「私は性格が悪いので」と盛大に嫌味を返してきたものだから、思わずその場で大笑いしてしまった。怒りはどこかへ吹き飛んで、彼女の印象は「嫌い」から「変な子」へ変わった。

それから僕達は、少しずつ時を共にしていった。クアトラ家の屋敷へ通うのは母の手前、行かざるを得ないと思っていただけのはずなのに、いつの間にかその日を待ち遠しく感じている自分がいて、初めのうちは大いに戸惑った。彼女は、今まで僕が接してきた誰とも違い、素直で、大胆で我儘で、そしてとても繊細だった。僕が発した何気ない一言がトリガーとなり、急に涙を流したり、ガタガタと震え出す。そういう時にはすぐに彼女の侍女が飛んできて、まるで赤子にするように、その体を優しく抱き締め揺すっていた。

「ねぇ、アリスティーナ」

確かその日は、彼女の屋敷にある小高い丘で、花摘みをしていた記憶がある。

「何ですか、ユリアン様」

白いシロツメクサを両手いっぱいに抱えた彼女は、僕の方を見もしない。

「君はどうして、たまにあんな風に泣き喚いて暴れてるの？」

「い、言い方が大げさ過ぎますわ！　ほんの少し、どうしたら良いのか分からなくなっているだけです！」

僕の言い草が気に入らなかった様子で、彼女は小さな頬をプクッと膨らませる。この頃の僕は、こんな風に彼女の表情を変化させるのがとても好きだった。怒った顔も、戸惑った顔も、嬉しそうな顔も。それを引き出しているのが自分だという事実が、堪らなく嬉しかった。もっと色んな表情が見たい、僕が、僕だけがと、無意識のうちに独占欲に蝕《むしば》まれていくのを、止めることなど出来なかった。

「じゃあ、どうして『ほんの少しどうしたら良いか分からなくなる』の？」

「それは……」

言い淀んだ彼女の手から、ぽろりと一本シロツメクサが落ちる。僕は近付き、それを拾った。

「私にも、分かりません。ただ、怖くて」

「怖い？　何が？　もしかして僕のことが怖いの？」

「そう、とも言えるような、言えないような……」

アリスにしては、珍しく曖昧な言い方。それにしても、僕のことが怖いだなんて。

「それは、嫌いってこと？」

思わず溢れた台詞に驚いたのは、彼女よりも自分自身。ただ何となくの好奇心から聞いたことだったし、こんな風に詰め寄るつもりなんてなかったのに。

「ち、違います」

「本当に？　本当に違う？」

「だ、だからそう言っています！」

視線を左右に彷徨わせ、しどろもどろになりながら否定しているアリスは、本当に可愛い。この頃になると僕はもうすっかり、彼女のことを「可愛い」と認識していた。幼い頃からずっと諦めていた僕の人生の中に、真っ直ぐ咲いた一輪の花。いや、花というよりも起爆剤という表現の方が近い気がする。彼女の言動や行動のひとつひとつに、僕はいちいち振り回されて、これまでの価値観を丸ごと変えられた。欲しいものなどなかったこの僕の手の中に、君を閉じ込めたいと思ってしまう。二人きりの世界で、その満月のような瞳に僕だけを映してほしいと。

「あの……ユリアン様」

「うん、なあに？」

「もしも私がこの先悪い子になってしまったら、この手を引いて止めてくださいますか？」

何かの冗談かとも思ったけれど、彼女の表情は真剣だった。

「この先悪い子に……って、今、君は良い子なのかい？」

「……もう良いです。聞いた私が愚かでした」

先程よりももっと頬を膨らませて、完全にそっぽを向いてしまった。

「ああ、ごめんねアリスティーナ。ちゃんと答えるから、どうか怒らないで」

（わざとだけど、許して）

だって、君の怒った顔は本当に可愛らしいんだ。ついつい、こうしてからかいたくなってしまいたいほどに。

僕は手に持っていたシロツメクサを、そっと彼女のこめかみ辺りの髪に挿す。目を見開いているアリスに向かって、にこりと微笑んだ。

「約束するよ。もしもこの先、君が悪い子になってしまったら、ちゃんと元のアリスティーナに戻してあげる。その代わり、僕が間違った選択をしたら君が叱るんだよ。お互いに、決して見捨てないこと。いいね？」

「ユリアン様……」

澄んだ瞳から、綺麗な涙がはらりと零れ落ちる。指で掬って、そこにキスを落とした。

「や、やめてください！　そんな汚い……」

「君の涙が汚いなんて、あり得ないことを言わないで」

どうして彼女が急に泣いたのか、その理由は僕には分からない。先程のように、無理に聞いたりしようとも思わない。

「私は貴方に、そんな風に言ってもらえるような人間じゃないの」

「アリスティーナ」

「私はズルいの。　だって、だって……っ」

いつものように、彼女の表情が恐怖の色に染まっていく。呼吸が浅く速くなり、少しずつ瞳孔が開いていく。アリスは蚊の鳴くような声で「リリ」と呟いた。その瞬間何故か僕は、彼女を誰にも渡したくないと思ってしまったのだ。

「大丈夫、大丈夫だよ。僕が側にいる」

小さくて細い体を優しく抱き締め、ゆっくりと背中を撫でる。リリがいつもそうしているように、耳元で何度も「大丈夫」と囁いた。

「ユリアン、さま……？」

「うん。ここにいるよ。深く呼吸をしてごらん。君が落ち着くまで、ずっとこうしているから」

「は、い……」

最初はリリの名前を呼んでいたアリスが、いつの間にか僕の背に手を回している。縋るように僕の首元に顔を埋《うず》めて、言う通りに深呼吸を繰り返す。こんなに素直なアリスは初めてで、だけど今手を離せばどこかへ消えてしまいそうで、気付けば僕の方が彼女を求めていた。

「アリスティーナ、アリスティーナ」

「ユリアン様……」

彼女の呼吸が安定し、体の震えも涙も既に止まっていると気付いていながら、僕は彼女を離そうとはしなかった。アリスも嫌がらず、ジッとしている。

「ごめんね」

「何故ユリアン様が謝るのですか？」

「リリを呼ばなかったから」

今更、罪悪感が襲ってくる。僕は今、アリスを救いたいという気持ちよりも、彼女を独り占めしたいという感情の方が勝っていた。アリスの為を思うのならば、すぐにリリを呼ぶべきだったのに。

（こんなんじゃ、いつか嫌われる）

本当は分かっていたんだ。アリスはいつだって自由で、堂々としていて、僕とは正反対の人間だと。琥珀色の髪を靡かせ、颯爽と自分の足で歩いていく。臆病な僕は、その枷《かせ》にしかならないと。

「まぁ。今度はユリアン様が泣いてしまわれたのね」

「え……？」

アリスの言葉に、初めて自分が泣いていることに気が付いた。こんな風に婚約者の前で醜態《しゅうたい》を晒して、僕は一体何をやっているのだろう。情けなくて、涙が止まらなくなる。

「ふふっ。もう、仕方ないですわね」

てっきり呆れられると思ったけれど、彼女は小さく笑いながら、その温かな手で僕の涙を拭った。

「だ、だめだよ汚いよ」

「あら。さっき私がそう言ったら、汚くないとおっしゃったのはユリアン様だわ」

「君と僕は、違う」

顔を振って抵抗しようとしても、彼女の指が執拗《しつよう》に追いかけてくる。そのうちに諦めて、僕はされるがままになってしまった。

「そうですわね。確かに、私と貴方は違います」

「……うん」

「ですが、今はそれで良しとしましょう！」

突然、パン！　と両手を叩きながら、晴れやかな表情を浮かべた彼女に、僕はただポカンとすることしか出来ない。

「私は今、頑張っている最中なのです。失敗の方が多いし、目標にはまだ程遠いですが」

「目標……」

「そうです。ユリアン様も、目標を作ってはいかがですか？　私達は全てにおいて異なっていますが、これからは互いに一つの目標に向かって邁進《まいしん》するという、共通項が出来るのです！」

（相変わらず、考え方が変わってる）

アリスはいつもそうだ。僕が思い付かないようなことを、楽しそうに口にする。それがどんなに突拍子のないものだとしても、彼女ならばやり遂げてしまうのではないかと、そんな風に思わされる。

「いかがですか？　これでもう、寂しくありませんわよね？」

「だ、誰か寂しいなんて……っ」

「あら、違いましたの？」

「違うに決まって……いや、合ってるけど」

ああ、恥ずかしい。アリスの前ではいつだって大人ぶっていたいのに、そうさせてくれないから困る。

「ふふっ！　私の思った通り！」

アリスの笑顔を見ると、他のことが全部どうでも良くなる。そういえば、いつから僕が寂しいとか寂しくないとか、そういう話に変わったのだろう。まぁ、彼女が満足そうだから、これで良しとしよう。

「何だか、僕の方が元気をもらったみたいだ。ありがとう、アリスティーナ」

「や、やめてください！　素直なユリアン様なんて、ちっともらしくないですわ！」

「そうかな？　僕はいつだって素直だと思うけれど」

「いいえ！　ユリアン様は私を苛めるいじめっ子です！」

すっかり普段の調子を取り戻したアリスは、腕を組みながらふんと鼻を鳴らしている。と思いきや、今度は頬を染めて視線をあちらこちらへ彷徨わせた。彼女の手は、耳元へ伸びている。

「お花を挿してくださって、あ、ありがとうございます……っ」

「……ううん、そんなこと」

「変では、ありませんか？」

こういうところは、本当にずるい。いつもは自信満々なくせに、たまにこうして恥ずかしがるから、その度に僕は心臓を鷲掴《わしづか》みにされてしまう。態度に出すと嫌がられるので、隠すのが大変なのだ。

「とても可愛いよ。君はバラが好きだし、華やかな花も似合うと思ってるけど、シロツメクサを付けたアリスティーナも、可愛い」

これくらいは許されるだろうと、素直な感想を口にする。彼女はさらに顔を赤く上気させながら、盛大にそっぽを向いてしまった。

「わ、分かっていますわそんなこと！　ただ少し、念の為に、一応確認しただけです！」

「ハハッ、そうなんだ」

やっぱり、アリスは凄い。先程までの鬱々《うつうつ》とした感情は、彼女の可愛さにすっかり呑み込まれて消えてしまった。

「あ。そういえば、リリはもう呼ばなくて平気？」

「ええ、もうちっとも苦しくありませんから！」

「そっか、良かった」

彼女が一体何に苦しんでいるのか、結局答えを知ることは出来なかった。いつか、僕がもっと立派に成長して、王子として恥ずかしくない男になったその時は、素直に僕を頼ってくれるだろうか。

(……決めた)

「ねぇ、アリスティーナ。僕も、目標を決めたよ」

「まぁ！　それはとても良いことですわ！」

彼女は両手を合わせ、純粋に喜んでいる。

「願掛けとして、今はお互い内緒にしておこう。いつか大人になって、目標を達成したら打ち明け合おうよ」

「……ええ。そうですわね」

ほんの一瞬、琥珀色の瞳が暗く沈んだのを、僕は見逃さなかった。けれども今は、どうすることも出来ない。もっと力をつけて、自分自身に打ち勝って、アリスを脅《おびや》かしている何かから彼女を守れるくらいに、強くなりたい。僕の目標は、これしかない。

(もっと強くなって、アリスと幸せに)

生まれて初めて、願いが出来た。期待と不安が混ざった複雑な気持ちだけれど、パッと目の前が開けた気がする。

「ユリアン様？　どうしてそんなに、嬉しそうなのですか？」

「僕、嬉しそうな顔してるかな」

「ええ、とっても」

小首を傾げるアリスに笑いかけ、僕は勢いよく立ち上がる。そして、彼女の手を取った。

「アリスティーナ！　今日はもっと上まで登ってみようよ！」

「えっ、ええ！　ちょっと待ってください、せっかく集めたお花が……っ」

「後で僕も手伝うから！　さぁ、ほら早く！」

ぐいぐいと強引に手を引く僕に根負けしたのか、アリスはぶつぶつと文句を言いながらも一緒に走ってくれる。

（早く、大人になれますように）

一陣の風とともに大きく揺れる琥珀色の髪を見つめながら、僕は初めて名も知らぬ神に祈ったのだった。


――まったく、ユリアン様ったら。小さな子供みたいなんだから。


「ん……」

懐かしい声が聞こえた気がして、ゆっくりと目を開ける。まず視界に広がったのは、本の背表紙。

「あら。お目覚めになったのね」

それから、先程よりも若干大人びて聞こえるアリスの声が、頭上から降ってきた。

「随分と気持ちよく寝ていらっしゃったから、私、動けなくて足が痛いですわ」

「え？　あ……」

恨み言のようにそう言われて、自分が今どういう状況なのかをようやく理解した。ここは、学園の中庭。アリスは大樹の幹に座って寄りかかり、僕は彼女の膝枕でぐっすりと昼寝をしてしまったというわけらしい。確かに今日はとても良い日和《ひより》で、木陰で本でも読もうと誘ったのは、他でもない僕だ。

「ごめん、アリス。いつの間にか寝ちゃってたんだね」

「まったくもう。この本を最後まで読み終えても、ユリアン様が全然目を覚まさないものだから、二周目に突入してしまいましたわ」

「起こしてくれたら良かったのに」

本当はそんなこと、微塵も思っていない。アリスの膝枕で寝られる日が来るなんて、明日死ぬのかもしれないと思ってしまうくらいには、浮かれている。

「最近お疲れだと仰っていたので、だから私は……」

「気を遣ってくれたんだ。君は優しいね」

「ふ、ふん！　たまたま、本に夢中になっていただけですわ！」

夢の中で見た幼い頃のアリスと同じように、プクッと頬を膨らませる彼女を見て、愛しさに思わず笑みが溢れた。

「ねぇアリス。僕達は今、十五歳だよね？」

「何ですか、いきなり。そんな当たり前のことを、どうしてお聞きになるの？」

「夢を見ていたんだ。君と僕の、小さい頃の夢を」

というよりもあれは、過去の記憶と言った方が正しいのかもしれない。二人の間で起こった、大切な君との思い出。

「昔のアリスも、今と変わらず可愛らしかったよ」

「あ、当たり前ですわ！　私はいつどんな世界であろうとも、完璧に美しいアリスティーナ・クアトラですもの！」

「ハハッ、そうだね」

紆余《うよ》曲折ありながらも、僕達は今日まで婚約者として支え合ってきた。二年前に学園に入学してから、アリスはことあるごとに僕と距離を取ろうとする。そして僕は、片っ端からその目論見を粉々に粉砕《ふんさい》する。

愛しいアリスティーナを、どこぞの無粋《ぶすい》な輩になど指一本触れさせはしない。たとえ彼女の『目標』が僕から離れることであったとしても、それを叶えてあげる気はさらさらなかった。

「覚えてる？　昔、二人で目標を立てたこと。大きくなってそれが叶ったら、お互いに打ち明けようって約束したでしょう？」

僕の言葉に、アリスの体がぴくりと反応した。

「……私は、まだ達成できていないので言えませんわ」

「うん、僕もだよ」

アリスも同じように覚えていてくれたという事実に喜びつつ、暗い表情を浮かべる彼女を不憫だとも思う。あれから随分時が経ち、さすがに怯えながら泣くことはなくなったけれど、時折思い詰めたように考え込んでいるのを、僕は知っている。

（まだ、だめだ。今の僕では、アリスを守れない）

成長するということは、ただ図体ばかりがでかくなれば良いという意味ではない。マッテオと同等かそれ以上の知識と教養を身に付け、第二王子として相応しい人格者となる。もう、誰にも文句は言わせない。僕のせいで、婚約者でありいずれは妻となるアリスまで悪く言われるなど、あってはならないことだからだ。

「お互い、早く目標達成出来るといいね」

（そうなったらもう、君は僕から逃げられないけど）

小さく微笑みながら、そっとアリスの頬に手を伸ばす。触れたところは熱を持ち、まるで彼女の気持ちを代弁しているかのようだと思う。いや、そう思いたいという願望かもしれない。成長するにつれ、僕への好意をあからさまに隠すようになってしまった、君への願望。

「あ、あの……ユリアン様？」

「うん、なあに？」

「いい加減、膝から退いてくださいませんか！」

とうとう両頬をパンパンに膨らませてしまったアリスは、可愛らしい金切り声をあげる。

「もう少し眠いんだ、お願い」

「だ、だめです！　退いてください！」

「アリス、アリスティーナ」

僕は、自分の容姿の使い所を熟知している。そして、アリスがこの顔にめっぽう弱いということも。

「……わざとやっていらっしゃいますわね？　ユリアン様」

「そんなことないよ。本当に眠いだけ」

「む、むうぅぅ……っ」

口ではブツブツと文句を言うくせに、本気で足を退けようとはしない。彼女の可愛らしさに内心悶絶しながらも、こんなにチョロくて大丈夫かという危機感も浮かんでくる。僕以外には絶対に気を許さないよう、今一度よくよく言い含める必要がありそうだ。

「本当に、本当にあと少しだけ、ですからね！」

「うん。ありがとう、アリス」

「ふん！」

再び本を開いて顔を隠してしまった彼女は、本当に愛らしい。僕が本気を出したらこんなものではないと、今すぐにでも分からせたくなるのを必死に堪えながら、頭に感じる柔らかな温もりに僕はまた目を閉じる。

（好きだよ、アリスティーナ）

今はまだ、心の中でそう呟くだけ。

逆行した元悪役令嬢、性格の悪さは直さず処刑エンド回避します! 1

＊本作は「小説家になろう」（https://syosetu.com/）に掲載されていた作品を、大幅に加筆修正したものとなります。
＊この作品はフィクションです。実在の人物・団体・事件・地名・名称等とは一切関係ありません。

2023年5月20日　第一刷発行

著者 …… 清水セイカ

イラスト …… 鳥飼やすゆき
発行者 …… 辻 政英
発行所 …… 株式会社フロンティアワークス
〒170-0013　東京都豊島区東池袋 3-22-17
東池袋セントラルプレイス 5F
営業　TEL 03-5957-1030　FAX 03-5957-1533
アリアンローズ公式サイト　https://arianrose.jp/
フォーマットデザイン …… ウエダデザイン室
装丁デザイン …… AFTERGLOW
印刷所 …… シナノ書籍印刷株式会社